Les Sang-d'Argent

Melissa de la Cruz

Les Sang-d'Argent

*Traduit de l'anglais (américain)
par Valérie Le Plouhinec*

wiZ
Albin Michel

Titre original :
REVELATIONS
(Première publication : Hyperion Books for Children, New York, 2008)
© Melissa de la Cruz, 2008
Cette traduction a été publiée en accord avec Hyperion Books for Children.
Tous droits réservés, y compris droits de reproduction totale ou partielle,
sous toutes ses formes.

Pour la traduction française :
© Éditions Albin Michel, 2009

À Mike et Mattie, pour toujours.
Et à Stephen Green et Carol Fox, mes plus « vieux » fans.

La plus grande marque de courage est d'accepter la défaite sans y laisser son cœur.

Robert G. Ingersoll

O you were a vampire and I may never see the light.
« Oh, tu étais un vampire et je ne reverrai peut-être jamais la lumière. »

Concrete Blonde, *Bloodletting*

Et une guerre a éclaté dans le ciel :
Michel et ses anges ont lutté contre le dragon, et le dragon et ses anges ont lutté, mais il n'a pas été le plus fort, et il ne s'est plus trouvé de place pour eux dans le ciel. [...]
« *Malheur à la terre et à la mer, car le diable est descendu vers vous, dans une grande fureur, sachant qu'il n'a que peu de temps.* »

Apocalypse XII, 7-12

La bataille du Corcovado

Levant la tête, elle vit son grand-père engagé dans une lutte sans merci avec son adversaire. L'épée de Lawrence tomba au sol. La présence blanche et étincelante le dominait de toute sa hauteur, brillante, aveuglante comme un soleil regardé en face. C'était le Pourvoyeur de lumière. L'Étoile du matin.

Elle sentit son sang se figer.

– Theodora !

La voix d'Oliver était rauque.

– Tue-le !

Theodora leva l'épée de sa mère, la vit miroiter dans le clair de lune : une longue hampe, pâle et mortelle. Elle la dirigea vers l'ennemi. Courut de toutes ses forces. Poussa son arme vers le cœur.

Et le rata.

ENREGISTREMENT ARCHIVES AUDIO
Sanctuaire de l'histoire
DOCUMENT CONFIDENTIEL
Autorisation exclusive Altitrônus
Transcription rapport du *Venator* classé 1/5

[*On entend un sifflement, suivi d'un clic sonore.*]

J'ai assuré ma position dans la zone cible et entreprends l'enquête sur la mort par consomption d'Augusta Carondolet. La victime a été retrouvée saignée à blanc dans une boîte de nuit de New York, *The Bank*. Les individus suivants se trouvaient dans les environs la nuit de l'attaque :

Theodora Van Alen : demi-sang ; père mortel sans distinction ; mère : Allegra Van Alen (Gabrielle) ; quinze ans d'âge.

Bliss Llewellyn : fille de cycle du sénateur Forsyth Llewellyn ; la mère ne serait pas nommée sur l'acte de naissance (est-ce exact ?) ; quinze ans d'âge.

Madeleine « Mimi » Force : fille de cycle de Charles Force (Michel) et de Trinity Burden Force ; seize ans d'âge. Son frère jumeau, Benjamin « Jack » Force, se trouvait également dans les environs la nuit du 12 septembre, mais a été rayé de la liste des suspects une fois établi qu'il avait quitté les lieux avant l'attaque. Situation EXTRÊMEMENT DÉLICATE car cette suspecte est la fille du *Rex* actuel. Ne pas transmettre la liste des suspects au *Rex* avant confirmation absolue.

Le suspect initial, Dylan Ward, court toujours ; localisation : inconnue.

Un

P ar un petit matin d'un froid piquant, à la fin du mois de
mars, Theodora Van Alen passa les portes vitrées du lycée
Duchesne. C'est avec soulagement qu'elle pénétra sous le haut
plafond voûté de l'entrée, dominé par un imposant portrait
des fondateurs peint par John Singer Sargent. Elle garda la
capuche bordée de fourrure de sa parka relevée sur son épaisse
chevelure noire, préférant l'anonymat aux saluts échangés par
les autres élèves.

Cela lui faisait drôle de considérer le lycée comme un
refuge, un lieu d'évasion, un endroit où elle avait hâte de se
retrouver. Pendant très longtemps, Duchesne, avec ses dal-
lages de marbre brillant et ses vues dégagées sur Central Park,
n'avait été pour elle qu'une salle de torture. Elle redoutait de
gravir le grand escalier, se sentait malheureuse dans les salles
de classe mal chauffées et en arrivait même à mépriser les
superbes sols marquetés du réfectoire.

Au lycée, Theodora se sentait souvent laide et invisible,
malgré la profondeur de ses yeux bleus et la délicatesse de ses
traits qui évoquaient une poupée de porcelaine. Toute sa vie,

15

ses camarades de classe tirées à quatre épingles l'avaient trai-
tée comme un phénomène de foire, une exclue, malvenue et
intouchable. Même si sa famille portait l'un des noms les plus
anciens et illustres de l'histoire de la ville, les temps avaient
changé. Les Van Alen, qui formaient autrefois un clan fier et
prestigieux, avaient dépéri au fil des siècles jusqu'à se retrouver au bord de l'extinction. Theodora était l'un de leurs derniers représentants.

Pendant un moment, elle avait espéré que le retour d'exil
de son grand-père changerait la donne, que la présence de
Lawrence dans sa vie briserait sa solitude. Mais ces espoirs
avaient été réduits à néant lorsque Charles Force l'avait arrachée à la demeure en grès brun délabrée de Riverside Drive,
le seul foyer qu'elle eût jamais connu.

– Tu vas te bouger ou il faut que je m'en charge ?

Theodora sursauta. Sans même s'en apercevoir, elle était restée plantée immobile devant son casier. La première sonnerie
de la journée résonnait bruyamment. Derrière elle se tenait
Mimi Force, avec qui elle vivait à présent.

Si elle ne se sentait pas à sa place au lycée, ce n'était rien à
côté de la glaciation arctique qu'elle affrontait chaque jour
dans le grandiose hôtel particulier des Force, en face du Metropolitan Museum. À Duchesne, au moins, elle n'avait pas à
entendre Mimi lui grogner des amabilités à chaque seconde
de la journée. Ou au pire, cela n'arrivait qu'une fois toutes
les quelques heures. Pas étonnant que le lycée lui parût si
accueillant ces derniers temps.

Malgré sa nomination au poste de nouveau *Rex*, c'est-à-dire
chef des sang-bleu, Lawrence Van Alen n'avait rien pu faire
pour stopper le processus d'adoption. Le Code des vampires

stipulait une stricte adhésion aux lois humaines, afin d'épargner aux sang-bleu une curiosité indésirable. Dans ses dernières volontés, la grand-mère de Theodora avait fait de ses deux domestiques les tuteurs légaux de la jeune fille ; mais par une manœuvre sournoise, les avocats de Charles Force avaient contesté la validité du testament devant les tribunaux sang-rouge. Ceux-ci avaient statué en leur faveur, et Charles, désigné comme exécuteur testamentaire, avait récupéré Theodora avec l'héritage.

– Alors ?

Mimi attendait toujours.

– Ah. Euh... désolée, dit Theodora en prenant un livre de classe avant de se pousser sur le côté.

– Désolée, c'est le mot.

Mimi plissa ses yeux vert émeraude et toisa Theodora d'un air dédaigneux. C'était ce même regard qu'elle lui avait envoyé par-dessus la table au dîner la veille au soir, et le même que lorsqu'elles s'étaient heurtées dans le couloir le matin même. Ce regard disait : *Qu'est-ce que tu fais là ? Tu n'as aucun droit à l'existence.*

– Qu'est-ce que je t'ai fait ? grommela Theodora en fourrant un livre dans son vieux sac de toile.

– Tu lui as sauvé la vie !

Mimi fixa d'un œil mauvais la sublime rousse qui venait de parler.

Bliss Llewellyn, transfuge du Texas et ex-acolyte de Mimi, lui rendit son regard furibond. Ses joues flamboyaient autant que sa chevelure.

– Elle a sauvé ta peau à Venise, et tu n'as même pas la décence d'être un peu reconnaissante !

Il y avait eu un temps où Bliss était l'ombre de Mimi, où elle se pliait volontiers à toutes ses exigences, mais la confiance entre elles était brisée depuis la dernière attaque de sang-d'argent, dans laquelle Mimi s'était révélée être une conspiratrice zélée, sinon efficace. Elle avait été condamnée au bûcher, mais Theodora l'avait secourue en participant à l'épreuve du sang.

– Elle ne m'a pas sauvé la vie. Elle n'a fait que dire la vérité. Ma vie n'a jamais été menacée, répliqua Mimi en passant une brosse en argent dans ses cheveux diaphanes.

– Ne fais pas attention à ce qu'elle raconte, dit Bliss à Theodora.

Cette dernière sourit, plus courageuse à présent qu'elle se sentait soutenue.

– Pas facile. Ce serait un peu comme prétendre que le réchauffement planétaire n'existe pas.

Elle paierait pour ce commentaire plus tard, elle le savait. Il y aurait des cailloux dans ses céréales de petit déjeuner ; du goudron dans ses draps ; ou encore la nouvelle nuisance du moment : la disparition, une fois de plus, d'une de ses affaires, qui s'évaporaient à vue d'œil. Il lui manquait déjà le médaillon de sa mère, ses gants en cuir, et un exemplaire corné et adoré du *Procès* de Kafka, dont la page de garde portait les initiales « J. F. ».

Theodora était la première à reconnaître que la deuxième chambre d'amis de la demeure des Force (la première étant toujours réservée aux dignitaires en visite) n'avait rien à voir avec un cagibi sous l'escalier. Sa chambre était décorée avec goût et luxueusement équipée de tout ce qu'une fille peut désirer : lit à baldaquin queen-size avec couette moelleuse, penderies remplies de vêtements de créateur, matériel audio et vidéo dernier cri, des dizaines de jouets pour Beauty, sa chienne de race, et le tout nouveau MacBook Air léger comme une plume. Mais sa nouvelle maison avait beau être riche en biens matériels, elle n'avait pas le charme de l'ancienne.

Sa chambre d'autrefois lui manquait, avec ses murs peints en jaune fluo et son bureau bancal. Le salon aux tentures poussiéreuses lui manquait. Hattie et Julius, qui étaient dans la famille depuis qu'elle était toute petite, lui manquaient. Et son grand-père aussi, bien sûr. Mais ce qui lui manquait le plus, c'était sa liberté.

– Ça va ? lui demanda Bliss avec un coup de coude.

À son retour de Venise, Theodora avait hérité d'une nouvelle adresse et d'une alliée inattendue. Bliss et elle s'étaient toujours plutôt bien entendues, mais désormais elles étaient presque inséparables.

– Bah, oui. J'ai l'habitude. Je la prends sur le ring quand elle veut.

Elle sourit. Voir Bliss au lycée était l'un des petits répits heureux que lui offrait Duchesne.

Elle commençait à monter l'escalier tortueux du fond, suivant les autres qui prenaient la même direction, lorsque du coin de l'œil elle aperçut l'ombre infime d'un vacillement, et elle sut. C'était lui. Elle n'avait pas besoin de regarder pour savoir qu'il se trouvait dans la meute d'élèves arrivant en face. Elle le détectait toujours, comme si ses nerfs étaient des antennes finement réglées qui le captaient dès qu'il était à proximité. C'était peut-être le vampire en elle qui lui permettait de déceler la présence d'un autre vampire, à moins que cela n'ait absolument rien à voir avec ses pouvoirs surnaturels.

Jack.

Il gardait les yeux fixés droit devant lui, comme s'il ne l'avait même pas vue, n'avait même pas enregistré sa présence. Ses cheveux blonds et fins, de la même teinte translucide que ceux de sa sœur, étaient plaqués en arrière de son front orgueilleux ; et contrairement aux garçons qui l'entouraient, habillés de manière plus ou moins négligée, il était souverain en blazer et cravate. Il était si beau que Theodora avait du mal à respirer. Mais tout comme à l'hôtel particulier – Theodora se refusait à dire « à la maison » –, Jack l'ignorait royalement.

Elle coula encore un regard dans sa direction, puis se dépêcha de gravir les marches. Le cours était commencé lorsqu'elle arriva. Elle s'efforça de se faire toute petite en se dirigeant, contrairement à son habitude, vers les sièges du fond près de la fenêtre. Oliver Hazard-Perry y était installé, penché sur son cahier.

Mais elle se reprit juste à temps et traversa la salle pour aller s'asseoir à côté du radiateur crachotant sans dire bonjour à son meilleur ami.

Charles Force avait été très clair : à présent qu'elle résidait sous son toit, elle devrait suivre ses règles. La première était l'interdiction de voir son grand-père. L'animosité entre Charles et Lawrence était profonde, et pas seulement parce que Lawrence avait sapé l'autorité de Charles sur le Conclave.

– Je ne veux pas qu'il te bourre la tête de mensonges, lui avait-il dit. Il dirige peut-être l'Assemblée, mais il n'a aucun pouvoir chez moi. Si tu me désobéis, je te promets que tu le regretteras.

20

La deuxième règle associée à la vie chez les Force était l'interdiction de fréquenter Oliver. Charles avait piqué une crise d'apoplexie en découvrant que Theodora avait choisi ce garçon (son Intermédiaire désigné) comme familier humain.

– Tout d'abord, tu es bien trop jeune. Ensuite, c'est l'*anathème*. Une disgrâce. Les Intermédiaires sont des serviteurs. Ils ne sont pas... ils n'exécutent pas les services des familiers. Il faut que tu prennes sur-le-champ un nouvel humain et que tu rompes toute relation avec ce garçon.

Si on avait insisté, elle aurait admis à contrecœur que Charles avait sans doute raison. Oliver était son meilleur ami et elle se l'était approprié, elle avait absorbé son sang pour le mêler au sien, et ses actes n'avaient pas été sans conséquences. Il lui arrivait de souhaiter pouvoir revenir en arrière, avant que tout soit devenu si compliqué.

Theodora ne voyait d'ailleurs pas du tout pourquoi Charles s'intéressait à ses choix en matière de familiers, les Force ayant abandonné l'ancienne pratique consistant à confier leurs affaires à des Intermédiaires. Mais elle suivait le règlement à la lettre. Aux yeux de tout le monde, elle n'avait absolument aucun contact avec Lawrence et s'abstenait de se livrer au « baiser sacré » sur Oliver.

Il y avait tant de choses, dans sa nouvelle vie, qu'elle n'avait pas le droit de faire !

Mais il existait un lieu où les règles n'avaient pas cours. Où Charles n'avait aucun pouvoir. Un lieu où Theodora pouvait être libre.

C'est à cela que servent les cachettes secrètes.

DEUX

Mimi Force aimait le bruit des talons aiguilles sur le marbre. Ses Jimmy Choo en cuir verni faisaient un clic-clic-clac satisfaisant qui résonnait dans tout le hall de la tour Force. Le nouveau quartier général de l'empire médiatique de son père comprenait plusieurs immeubles en plein centre de Manhattan. Les batteries d'ascenseurs rutilants vomissaient régulièrement des escouades de « Forcies », les superbes employés et employées de l'organisation Force News Network : des journalistes spécialisés dans le design, la mode, l'art de vivre, en route pour des déjeuners d'affaires chez *Michael's* ou s'engouffrant dans des berlines pour se rendre à différents rendez-vous en ville. Ces gens vêtus avec soin avaient tous les mêmes traits pincés, comme si leur emploi du temps toujours bourré à craquer ne leur laissait pas le temps de sourire. Mimi était parfaitement à sa place.

Elle avait beau n'avoir que seize ans, elle se sentit incroyablement *vieille* en fendant la foule pour passer du hall à l'alcôve obscure qui dissimulait un ascenseur, accessible uniquement grâce à une clé secrète et impossible à dupliquer. Elle se rappelait l'époque où la tour Force portait encore son premier nom, l'immeuble Van Alen. Pendant des années, ce n'avait été qu'une simple fondation de trois étages, car le krach de 1929 et la Grande Dépression avaient empêché la construction de la tour prévue à l'origine. Il n'y avait qu'un an que la société de son père avait fini par achever son édification complète, conformément aux anciens plans, et par rebaptiser le gratte-ciel.

Mimi regarda autour d'elle et envoya discrètement une forte suggestion pour distraire tous ceux qui risquaient de s'approcher. Elle pressa son index contre la serrure, le piquant afin d'en tirer une goutte de sang. L'analyse sanguine pratiquée n'était pas le dernier cri de la technologie, elle était au contraire antédiluvienne. Son sang était analysé et comparé aux fichiers ADN du Sanctuaire ; une concordance confirmerait que c'était bien une véritable sang-bleu qui se tenait à la porte. Le sang ne pouvait être ni copié ni prélevé : il s'évaporait en quelques minutes une fois exposé à l'air.

Les portes s'ouvrirent dans un glissement silencieux et Mimi descendit par l'ascenseur. Ce qu'ignoraient les sang-rouge, c'était qu'en 1929, le bâtiment avait bien été construit dans son entier... sauf qu'il se déployait vers le bas, et non vers le haut.

La tour était en réalité un « gratte-terre » : une structure creusée dans le sous-sol, qui s'enfonçait vers le noyau de la planète au lieu de s'élever vers le ciel. Mimi regarda défiler les étages. Elle parcourut cinquante, puis cent, puis deux cents pieds sous la surface. Dans le passé, les sang-bleu avaient vécu sous terre pour se cacher de leurs assaillants sang-d'argent. Mimi comprenait à présent ce qu'avait voulu dire Charles Force en déclarant, dans un sarcasme, que Lawrence et Cordelia pousseraient les vampires « à ramper de nouveau dans des caves ».

Enfin l'ascenseur s'arrêta et la porte s'ouvrit. Mimi fit un signe de tête à l'Intermédiaire posté derrière le comptoir. Le sang-rouge ressemblait à un rat-taupe aveugle, comme s'il n'avait pas vu le soleil depuis bien longtemps. Il ressemblait tout à fait aux personnages des fausses légendes qui se perpétuaient sur les vampires, pensa Mimi avec amusement.

Elle ressentait les barrières, les lourdes protections placées autour de la zone. Cet endroit était censé être le refuge le plus secret et le plus sûr des sang-bleu. Lawrence était enchanté de la nouvelle tour étincelante et voyante construite par-dessus.

– On se cache à la vue de tous ! avait-il commenté avec un petit rire.

Le Sanctuaire de l'histoire avait récemment été réinstallé sur plusieurs des étages inférieurs. Depuis l'attaque, le repaire situé sous le club avait été abandonné. Mimi se sentait encore coupable de ce qui était arrivé là-bas. Mais ce n'était pas sa faute ! Elle n'avait pas vraiment voulu faire le mal. Tout ce qu'elle souhaitait, c'était se débarrasser de Theodora. Peut-être avait-elle été naïve. Mais de toute manière, il n'était plus temps de s'attarder là-dessus.

– Bonsoir, Madeleine, l'accueillit poliment une femme élégante, vêtue d'un tailleur Chanel très chic.

– Dorothea.

Mimi la salua du menton et suivit la vieille chouette dans la salle de conférences. Elle savait que plusieurs membres du Conclave désapprouvaient son admission dans le premier cercle. Ils craignaient, au vu de son jeune âge, qu'elle ne soit pas en pleine possession de ses souvenirs, de toute la sagesse de ses vies passées. Le processus qui mène à l'autoréalisation complète d'un sang-bleu commençait par la transformation, à quinze ans, et se poursuivait jusqu'à la fin des années du Crépuscule (c'est-à-dire jusqu'à vingt et un ans environ),

25

moment où l'enveloppe humaine cédait totalement pour révéler enfin le vampire tapi dessous. Mimi se moquait de ce qu'ils pensaient. Elle avait un devoir à accomplir, et même si elle ne se souvenait pas de tout, elle en savait bien assez.

Si elle était là, c'était parce que Lawrence s'était présenté à l'hôtel particulier des Force un soir tard, peu après leur retour de Venise, pour s'entretenir avec Charles. Mimi avait entendu toute la conversation à leur insu. Lorsque Lawrence avait pris le pouvoir en tant que *Rex*, Charles avait volontairement renoncé à son siège au Conclave ; mais Lawrence le pressait de changer d'avis.

– Nous avons besoin de toutes nos forces en ce moment. Nous avons besoin de toi, Charles. Ne nous tourne pas le dos.

Il avait la voix grave et rocailleuse. Il toussa plusieurs fois, et l'odeur sucrée de son tabac à pipe envahit le couloir devant le bureau de Charles.

Celui-ci ne voulait rien entendre. Il avait été humilié et rejeté. Si le Conclave ne voulait pas de lui, alors il ne voulait pas du Conclave.

– Pourquoi auraient-ils besoin de moi alors qu'ils t'ont toi, *Rex* ? cracha-t-il comme si ces mots eux-mêmes avaient mauvais goût.

– Moi, j'irai.

Lawrence avait simplement haussé un sourcil en découvrant Mimi devant eux. Charles non plus n'avait pas eu l'air trop surpris. Savoir passer les portes verrouillées avait toujours été l'un des talents de Mimi, même toute petite.

– Azraël, murmura Lawrence. Tu te souviens... ?

– Pas de tout. Pas encore. Mais je me souviens bien de toi... *grand-père*, dit-elle avec un rictus narquois.

– Voilà qui me suffit. (Lawrence sourit d'une manière assez

similaire à celle de Charles.) Charles, c'est décidé. Mimi prendra ta place au Conclave. Elle t'y représentera et, à ce titre, te rendra compte de ce qui s'y passe. Azraël, tu peux disposer.

Mimi allait protester, lorsqu'elle constata qu'on avait utilisé le *Glom* pour la chasser de la pièce sans même qu'elle s'en aperçût. Le vieux chnoque était futé. Mais rien ne l'empêchait de coller son oreille aux portes.

– Elle est dangereuse, disait Lawrence à voix basse. Cela m'a surpris de voir que tu avais appelé les jumeaux dans ce cycle. Était-ce vraiment nécessaire ?

– Tu l'as dit toi-même, elle est forte, répondit Charles avec un soupir. Si nous allons au-devant d'une bataille, comme tu veux nous le faire croire à tous, Lawrence, tu auras besoin d'elle à tes côtés.

Lawrence eut un ricanement ironique.

– À condition qu'elle reste loyale.

– Elle l'a toujours été, affirma Charles d'une voix dure. Et elle n'est pas la seule à avoir aimé l'Étoile du matin.

– Une grave erreur que nous avons tous commise, acquiesça Lawrence.

– Non, pas tous, le corrigea doucement Charles.

Mimi s'éloigna de la porte d'un pas léger. Elle n'avait pas besoin d'en entendre plus.

Azraël. Il l'avait appelée par son vrai nom. Un nom profondément gravé dans sa conscience, dans ses os, dans son sang même. Qu'était-elle, à part son nom ? Lorsqu'on était en vie pendant des milliers d'années, qu'on enchaînait les pseudonymes, les noms devenaient semblables à du papier cadeau. Un élément décoratif auquel on répondait. Prenez son nom dans ce cycle, par exemple : Mimi. C'était un nom de mondaine, de femme futile qui passe ses journées à faire chauffer ses cartes de crédit et ne s'intéresse qu'aux traitements Spa et aux dîners.

Il cachait sa véritable identité.

Car elle était Azraël. L'ange de la Mort. Elle apportait les ténèbres dans la lumière. C'était son bienfait et sa malédiction.

Elle était un sang-bleu. Comme l'avait dit Charles, l'un des plus forts. Charles et Lawrence avaient discuté de la fin du monde. La Chute. Lors de la guerre contre Lucifer, c'étaient Azraël et son jumeau, Abbadon, qui avaient inversé le courant, qui avaient renversé l'issue de la dernière bataille. Ils avaient trahi leur prince et rejoint Michel, s'agenouillant devant l'épée d'or. Ils étaient restés fidèles à la lumière, bien qu'ils fussent faits d'obscurité.

Leur désertion s'était révélée cruciale. Sans Jack et elle, qui sait qui aurait gagné ? Lucifer serait-il roi des rois, assis sur un trône céleste, s'ils ne l'avaient pas abandonné ? Et qu'avaient-ils gagné, d'ailleurs, sinon cette vie sur Terre, ce cycle sans fin de réparation et d'absolution ? Pourquoi et pour qui s'amendaient-ils ? Dieu était-il seulement conscient qu'ils existaient encore ? Retrouveraient-ils un jour le paradis perdu ?

Tout cela en valait-il la peine ? se demandait Mimi tout en prenant son siège au Conclave. C'est seulement à ce moment-là qu'elle remarqua les rumeurs de protestation parmi ses pairs.

Elle suivit le regard fixe de Dorothea Rockefeller. Le choc faillit la faire tomber de sa chaise. Au sein même du refuge le plus protégé, le plus sûr des sang-bleu, assis à côté de Lawrence à la place d'honneur, se trouvait l'ancien *Venator* disgracié en personne, le traître sang-d'argent, Kingsley Martin.

Il croisa son regard et pointa dans sa direction deux doigts tendus en forme de pistolet. Et, fidèle à lui-même, il sourit et fit semblant d'appuyer sur la détente.

TROIS

Contrairement à la plupart des *showrooms* de créateurs décorés dans un style minimaliste, presque clinique, au maximum garnis d'une composition florale pour adoucir le blanc éblouissant des espaces, les salles d'apparat qui abritaient la collection Rolf Morgan ressemblaient aux quartiers cosy d'un club anglais à l'ancienne : livres reliés de cuir alignés sur des rayonnages, gros fauteuils club et tapis confortables à longues mèches disposés autour d'un feu crépitant. Rolf Morgan avait gagné la célébrité en proposant au grand public un style BCBG classique, sa création la plus répandue étant une chemise à col uni discrètement brodée de son logo : une paire de maillets de croquet entrecroisés.

Bliss, nerveuse, était assise dans l'un des fauteuils de cuir, son book posé en équilibre sur les genoux. Elle avait dû sortir du lycée quelques minutes en avance pour être à l'heure à son « *go-see* », tout cela pour apprendre en arrivant que le styliste aurait une demi-heure de retard. Typique.

Elle regarda les autres mannequins autour d'elle. Toutes les filles affichaient le genre de beauté bien américaine que l'on voyait couramment dans les pubs « Croquet by Rolf Morgan » : pommettes bronzées, chevelure dorée, petit nez retroussé. Elle ne voyait absolument pas pourquoi le styliste s'intéressait à elle. Avec ses cheveux blond vénitien qui lui descendaient à la taille, sa peau claire et ses grands yeux verts, Bliss ressemblait plus à une créature descendue d'une peinture préraphaélite qu'à la fille qui sort d'une partie de tennis endiablée. Mais d'un autre côté, Theodora avait été retenue pour le défilé l'autre jour, lors du premier casting : peut-être recherchaient-ils quelque chose de différent pour cette fois.

– Vous voulez quelque chose, les filles ? De l'eau ? Du soda light ? demanda la standardiste souriante.

– Rien pour moi, merci, déclina Bliss tout comme les autres filles, qui secouaient également la tête.

C'était agréable qu'on vous pose la question, qu'on vous propose quelque chose. En tant que mannequin, elle avait l'habitude que les employés l'ignorent complètement ou la regardent de haut. Personne n'était jamais très amical. Bliss comparait les *go-see* aux inspections de cheptel que faisait son grand-père autrefois au ranch. Il vérifiait les dents, les sabots et les flancs des bêtes. Les mannequins étaient traités exactement comme du bétail dont on pesait et mesurait les atouts.

Bliss aurait bien aimé que le styliste se dépêche d'en finir. Elle avait failli annuler le rendez-vous, et seul un sens profond de l'engagement vis-à-vis de son agence (et une légère frousse de son *model booker*, un gay chauve et impérieux qui la houspillait comme si elle était son esclave, au lieu du contraire) la poussait à rester dans son siège.

Elle était encore perturbée par ce qui s'était produit plus tôt au lycée, lorsqu'elle avait tenté de se confier à Theodora.

– Il y a quelque chose qui cloche chez moi, lui avait-elle dit en déjeunant à la cantine.

– Comment ça ? Tu es malade ? l'avait questionnée Theodora en déchirant un paquet de chips pimentées.

Est-ce que je suis malade ? s'était demandé Bliss. Sûr, elle ne se sentait pas bien ces derniers temps. Mais son malaise était particulier : c'était son âme qui allait mal.

– C'est dur à expliquer.

Mais elle avait essayé quand même.

– Je vois... comment dire... des choses. Des choses qui font mal.

Des choses terribles. Elle avait raconté à Theodora comment tout avait commencé.

Quelques jours plus tôt, elle faisait son jogging le long de l'Hudson. Elle avait cligné des yeux et là, à la place des eaux placides et brunes de la rivière, elle avait vu du sang rouge, visqueux, bouillonnant.

Puis il y avait eu les cavaliers qui avaient surgi à grand fracas une nuit dans sa chambre : ils étaient quatre, sur de hauts destriers noirs, derrière des masques ; leur aspect était immonde et leur odeur encore pire. On aurait dit la mort revenue à la vie. Ils étaient si réels que les chevaux avaient laissé des traces de sabots sales sur la moquette blanche. Mais la vision de l'autre nuit avait été encore pire : bébés transpercés à la baïonnette, victimes éventrées, nonnes pendues à des croix, décapitées... et ce n'était pas tout.

Mais la chose la plus terrifiante au monde ?

En plein milieu d'une vision, un homme était apparu. Un homme en complet blanc. Un homme élégant, couronné de cheveux blonds brillants, avec un sourire éclatant qui l'avait glacée jusqu'aux os.

L'homme avait traversé la chambre pour venir s'asseoir auprès d'elle sur le lit.

– Bliss, avait-il dit en posant une main sur sa tête comme pour la bénir. Ma fille.

Theodora leva les yeux de son sandwich au thon. Bliss se demandait comment elle pouvait avoir de l'appétit pour la nourriture normale : elle-même en avait perdu le goût depuis longtemps. C'était à peine si elle supportait de manger son steak haché saignant. Elle tendit la main vers une chips, par curiosité. Elle mordit dedans. C'était salé et épicé, d'une manière qui n'était pas déplaisante. Elle en prit une autre.

Theodora était pensive.

– D'accord, donc un type louche t'a appelée sa fille, et alors ? Ce n'était qu'un rêve. Et quant à tout le reste... tu es sûre que tu ne regardes pas des films de zombies trop tard le soir ?

– Non, c'est juste...

Bliss secoua la tête, irritée de ne pas savoir communiquer l'effet malsain que lui avait fait cet homme. Ni exprimer à quel point il avait eu l'air de dire la vérité. Mais comment cela aurait-il été possible ? Son père était Forsyth Llewellyn, le sénateur de New York. Elle s'interrogea de nouveau à propos de sa mère. Son père ne parlait jamais de sa première épouse ; à peine quelques semaines plus tôt, Bliss avait eu la surprise de trouver une photo de lui aux côtés d'une femme blonde qu'elle avait toujours prise pour sa mère, marquée au verso de ces mots : « Allegra Van Alen ».

Allegra était la mère de Theodora, or si Allegra était sa mère, cela faisait-il de Theodora sa sœur ? Quoique, les vampires n'avaient pas de famille au sens où l'entendaient les sang-rouge : ils étaient les anciens enfants de Dieu, immortels, sans véritables pères ni mères.

Forsyth n'était son « père » que dans ce cycle. Peut-être en allait-il de même pour Allegra. Bliss s'était gardée de faire part de sa découverte à Theodora. Celle-ci était très protectrice avec sa mère, et Bliss était trop timide pour revendiquer une connexion avec une femme qu'elle n'avait seulement jamais rencontrée. Toutefois, elle ressentait une parenté avec son amie depuis qu'elle avait trouvé cette photo.

– Tu as toujours ces... tu sais, ces absences ? lui demanda Theodora.

Bliss secoua la tête. Les absences avaient cessé à peu près au moment où les visions avaient commencé. Elle n'aurait su dire ce qui était le pire.

– Theo, est-ce qu'il t'arrive de penser à Dylan ? lui demanda-t-elle avec hésitation.

– Tout le temps. Je voudrais bien savoir ce qui lui est arrivé, répondit Theodora en ouvrant son sandwich pour le manger élément par élément : d'abord une bouchée de thon, puis une feuille de salade, puis le pain. Il me manque. C'était un bon pote.

Bliss hocha la tête. Elle se demandait comment aborder le sujet. Il y avait trop longtemps qu'elle gardait un secret énorme. Dylan, que tout le monde tenait pour mort, qui avait été enlevé par un sang-d'argent, qui avait complètement disparu... était revenu, fracassant sa fenêtre deux semaines plus tôt pour lui raconter les histoires les plus extravagantes. Depuis la nuit de son retour, Bliss ne savait plus que croire.

Forcément, Dylan était complètement cinglé. Fou. Ce qu'il

avait dit cette nuit-là n'avait aucun sens, mais il était convaincu que c'était la vérité vraie. Elle était incapable de l'en dissuader, et voilà qu'il s'était mis à menacer de faire quelque chose. Le matin même, il débloquait gravement. Il délirait. Il hurlait comme un dingue. C'était presque insoutenable. Elle lui avait promis qu'elle... qu'elle... qu'elle ferait quoi ? Elle n'en avait aucune idée.

— Bliss Llewellyn ?

— Je suis là, répondit-elle en se levant et en serrant son book sous son bras.

— Nous sommes prêts à vous recevoir. Désolés pour l'attente.

— Pas de problème, dit-elle en dégainant son sourire le plus professionnel.

Elle suivit la fille dans une vaste pièce au fond. Bliss eut l'impression de devoir couvrir la longueur d'un terrain de foot pour atteindre la petite table à laquelle était assis le styliste.

Cela se passait toujours ainsi. On aimait vous regarder marcher, et une fois que vous aviez dit bonjour, on vous demandait de faire demi-tour et de marcher encore. Rolf procédait au casting de son défilé de la Fashion Week, entouré de son équipe : une blonde bronzée qui portait des lunettes noires, un homme mince et efféminé, et plusieurs assistants.

— Bonjour, Bliss, dit Rolf. Je te présente ma femme, Randy, et lui c'est Cyrus, qui organise le défilé.

— Bonjour.

Bliss lui tendit la main et serra fermement la sienne.

— Nous connaissons bien ton travail, dit Rolf en jetant un rapide coup d'œil à ses photos.

C'était un homme extrêmement bronzé aux cheveux poivre et sel. Quand il croisait les bras, ses muscles saillaient. Il ressemblait à un cow-boy, des pieds à la tête, jusqu'à ses santiags sur mesure en alligator. Ou du moins à un cow-boy qui serait allé chercher son bronzage à Saint-Barth' et ses chemises à Hongkong.

– En fait, nous sommes sûrs que tu es la fille qu'il nous faut. Nous voulions juste faire ta connaissance.

Au lieu de la mettre à l'aise, l'amabilité du styliste ne fit qu'aggraver la nervosité de Bliss. À présent, si elle perdait le job, elle ne devrait s'en prendre qu'à elle.

– Ah bon, très bien.

Randy Morgan, la femme du styliste, était la quintessence même de la « Morgan girl », jusqu'à sa coupe de cheveux comme soulevée par la brise. Bliss savait qu'elle avait été le premier mannequin de Rolf, dans les années soixante-dix, et qu'elle figurait encore à l'occasion dans certaines des campagnes publicitaires. Randy releva ses lunettes noires sur son crâne et lui adressa un sourire éclatant.

– La marque veut quelque chose de nouveau pour le défilé. Nous souhaitons évoquer un romantisme à l'ancienne, une ambiance édouardienne. Il y aura beaucoup de velours, beaucoup de dentelle, voire un ou deux corsets dans la collection. Il nous faut une fille qui n'ait pas un physique trop contemporain.

Bliss hocha la tête, pas bien sûre de comprendre où ils voulaient en venir, vu que toutes les marques qui l'avaient engagée par le passé la trouvaient tout à fait « contemporaine ».

– Vous voulez que je marche, ou bien... ?

– Je t'en prie.

35

Bliss retourna au fond de la pièce, respira un grand coup et se mit à marcher. Elle évolua comme si elle arpentait une lande la nuit, comme si elle était seule dans la brume. Comme si elle était un peu solitaire et rêveuse. Et juste au moment où elle touchait la marque au sol indiquant qu'elle devait faire demi-tour, la pièce se mit à tourner et elle eut encore une vision.

Comme elle l'avait dit à Theodora, elle n'avait plus jamais d'absences. Elle voyait encore le show-room, ainsi que le styliste et son équipe. Et pourtant il était bien là : assis entre Rolf et sa femme, un monstre aux yeux écarlates, à la langue argentée et fourchue. Elle eut envie de hurler. Au lieu de cela, elle ferma les yeux et continua à marcher.

Lorsqu'elle les rouvrit, Rolf et son équipe applaudissaient.

Vision d'apocalypse ou non, Bliss était engagée.

QUATRE

– Tu m'as manqué.

Les lèvres d'Oliver étaient tièdes et douces contre sa joue, et la profondeur de son affection provoqua une douleur aiguë dans le ventre de Theodora.

– Toi aussi tu m'as manqué, lui chuchota-t-elle en retour.

Et c'était plutôt vrai. Il y avait quinze jours qu'ils ne s'étaient pas retrouvés ainsi tous les deux. Et alors qu'elle avait envie d'appuyer ses lèvres contre son cou et de faire ce qui venait tout naturellement, elle se retint. Elle n'en avait pas besoin tout de suite, et elle hésitait beaucoup à cause de l'effet que cela lui faisait. La *Caerimonia osculor* était une drogue : tentante et irrésistible. Elle lui donnait trop de pouvoir. Trop de pouvoir sur lui.

Elle ne pouvait pas. Pas là. Pas maintenant. Plus tard. Peut-être. D'ailleurs, ce n'était pas prudent. Ils se trouvaient dans le placard à fournitures du local de la photocopieuse. N'importe qui pouvait entrer et les surprendre ensemble. Ils s'étaient retrouvés, comme toujours, entre la première et la seconde sonnerie qui suivaient la quatrième heure. Ils avaient cinq minutes entières.

– Tu seras là... ce soir ? lui demanda Oliver à l'oreille d'une voix rauque.

Elle eut envie de passer les doigts dans sa chevelure épaisse, couleur caramel, mais elle s'en abstint. Au lieu de cela, elle pressa le nez contre sa tempe. Son odeur était si propre...

Comment avaient-ils pu être amis si longtemps sans qu'elle connaisse l'odeur de ses cheveux ? Mais à présent elle savait : ils sentaient l'herbe après la pluie. Il sentait si bon qu'elle aurait pu en pleurer. Elle l'avait trahi de toutes les manières possibles. Il ne le lui aurait jamais pardonné s'il avait véritablement compris ce qu'elle lui avait fait.

– Je ne sais pas, répondit-elle en hésitant. J'essaierai.

Elle voulait le décevoir le moins brutalement possible. Elle plongea le regard vers son beau visage avenant, dans ses yeux noisette chaleureux pailletés de brun et d'or.

– Promets-le, fit Oliver avec froideur. Promets-le.

Il la serra contre lui, et sa force la surprit. Elle ne se serait pas doutée que les humains pouvaient être aussi forts que les vampires, quand ils en avaient l'occasion.

Son cœur se déchira. Charles Force avait raison. Elle aurait dû garder ses distances avec lui. Quelqu'un allait être blessé, et elle ne supportait pas d'imaginer Oliver souffrant à cause d'elle. Elle n'en valait pas la peine.

– Ollie, tu sais, je...

– Ne le dis pas. Sois là, c'est tout, dit-il durement avant de la lâcher tellement vite qu'elle faillit en perdre l'équilibre.

Puis il disparut tout aussi vite, la laissant seule dans la pièce noire, et elle se sentit étrangement démunie.

Plus tard ce soir-là, Theodora sillonna les rues obscures sous la pluie, semblable à un panache de brume dans son nouvel imperméable gris métallisé. Elle aurait pu prendre un taxi, mais ils étaient introuvables par ce temps pluvieux et elle préférait marcher... ou plutôt glisser. Elle aimait exercer ses muscles de vampire, elle aimait voir comme elle était rapide lorsqu'elle s'y mettait. Elle avait parcouru toute la longueur de l'île comme un chat ; elle s'était déplacée si vite qu'elle n'était même pas mouillée. Elle n'avait pas une goutte de pluie sur elle.

L'immeuble était l'une des deux tours tout en verre flambant neuves, dessinées par l'architecte Richard Meier, qui s'élèvent à l'angle de Perry Street et de la West Side Highway. Elles miroitaient comme du cristal dans le crépuscule sombre et brumeux. Theodora ne se lassait pas de les contempler, tant elles étaient belles.

Elle se faufila par les portes latérales en se réjouissant de la vitesse vampirique qui la rendait invisible aux yeux du portier et des autres résidents. Elle se passa de l'ascenseur, préférant employer ses talents surnaturels pour prendre l'escalier de service et engloutir quatre, cinq, parfois dix marches d'un coup. En quelques secondes à peine elle se retrouva dans le grand loft qui couronnait le dernier étage.

Il faisait bon dans l'appartement, et l'éclairage urbain en contrebas illuminait tout à travers les vastes baies vitrées. Elle appuya sur un bouton pour fermer automatiquement les stores. Ils avaient encore laissé tout ouvert, exposé... Aussi étonnant que ce fût, leur cachette secrète se trouvait dans l'un des buildings les plus visibles de Manhattan.

Comme la femme de ménage avait sorti des bûches pour

la cheminée, Theodora alluma rapidement un feu, aussi facilement que si elle avait encore appuyé sur un bouton. Les flammes s'élevèrent et allèrent lécher le bois. Elle le regarda se consumer ; puis, comme si elle lisait son avenir dans les flammes, elle se prit la tête entre les mains.

Que faisait-elle ici ?

Pourquoi était-elle venue ?

C'était mal, ce qu'ils faisaient. Il le savait. Elle le savait. Ils s'étaient dit que ce serait la dernière fois. Comme s'ils allaient pouvoir le supporter. La perspective de leur rencontre la remplissait à la fois d'extase et de chagrin.

Elle s'occupa en vidant le lave-vaisselle et en mettant la table. En allumant les chandelles. Elle brancha la chaîne hi-fi sur son iPod, et la voix de Rufus Wainwright ne tarda pas à résonner entre les murs. C'était une chanson pleine de désir mélancolique, leur chanson préférée.

Elle envisagea de prendre un bain, consciente que son peignoir était accroché dans le placard. On trouvait peu de traces de leur présence sur place : quelques livres, des vêtements de rechange, deux brosses à dents. Ce n'était pas un chez-soi, c'était un secret.

Elle se regarda dans la glace : elle avait les cheveux ébouriffés et les yeux brillants. Bientôt il serait là. Bien sûr qu'il serait là. C'était lui qui avait insisté pour.

L'heure convenue passa, pourtant personne ne vint. Theodora serra ses genoux contre sa poitrine en s'efforçant de combattre la marée montante de la déception.

Elle avait presque sombré dans le sommeil lorsqu'une ombre passa sur la terrasse.

Theodora leva les yeux avec espoir, envahie d'une impatience mêlée de tristesse profonde et résignée. Son cœur courait un million de lieues par minute. Même si elle le voyait chaque jour, ce serait toujours comme la première fois.

– Salut, toi, dit une voix.

Et un garçon se détacha de l'ombre.

Mais ce n'était pas celui qu'elle attendait.

ENREGISTREMENT ARCHIVES AUDIO
Sanctuaire de l'histoire
DOCUMENT CONFIDENTIEL
Autorisation exclusive Altitrônus
Transcription rapport du *Venator* classé 2/5

Theodora Van Alen : se distingue notablement de ses semblables. Préfère la compagnie de son Intermédiaire, humain de sexe masculin : Oliver Hazard-Perry. A survécu à deux attaques possibles de sang-d'argent. Vais continuer à la surveiller, mais suis quasiment convaincu qu'elle n'est pas coupable.

Bliss Llewellyn : un cas intéressant. Se plaint de maux de tête, de vertiges, d'« absences ». Effets secondaires possibles de la transformation ? A été trouvée en train de se noyer dans le lac de Central Park dans la nuit du 28/11. Suis parvenu à sauver le sujet sans révéler ma couverture.

Madeleine Force : possède un pouvoir noir significatif, affiche un mépris flagrant des règlements, surtout en ce qui concerne les familiers humains.

MISE À JOUR SUR DYLAN WARD :

L'équipe de Long Island rapporte que le sujet a été vu s'enfuyant de la planque de Shelter Island. Ai envoyé des renforts pour l'arrêter.

CINQ

L a réunion commença normalement. Le secrétaire fit l'appel. Toutes les anciennes familles étaient représentées, les sept d'origine (Van Alen, Cutler, Oelrich, Van Horn, Schlumberger, Stewart et Rockefeller) ayant dû progressivement s'accommoder des Llewellyn, des Dupont (représentés par Eliza, visiblement nerveuse, qui était la nièce de feu Priscilla), des Whitney et des Carondolet. Ensemble, elles formaient le Conclave des Aînés : le rassemblement de l'élite des sang-bleu. C'était entre elles qu'étaient prises les décisions concernant l'avenir du clan.

Lawrence leur souhaita chaleureusement la bienvenue à la première session de printemps, et entreprit de passer en revue les points à l'ordre du jour : la prochaine soirée de levée de fonds pour la Banque du sang de New York, les dernières informations sur les maladies sanguines et la manière dont elles risquaient d'affecter les sang-bleu, l'état des placements financiers – car l'argent des sang-bleu était massivement investi en Bourse et des revers récents avaient fait disparaître plusieurs millions de dollars.

Mimi était folle de rage. Lawrence menait la réunion comme si de rien n'était, comme s'il n'avait pas un traître à côté de lui. Exaspérant ! C'était Kingsley qui avait convoqué le sang-d'argent, Kingsley qui avait organisé l'attaque du Sanctuaire, Kingsley qui avait manigancé d'étouffer l'affaire, et pourtant il était là, assis à la table comme s'il y avait naturellement sa place.

En surface, le Conclave était plus calme, placide et imperturbable que jamais, même si Mimi détectait un léger malaise, un infime parfum de discorde dans les rangs. Pourquoi Lawrence ne disait-il rien ? Le vieux chnoque déblatérait sur le marché des *subprimes* et sur les récentes dégringolades de Wall Street. Ah, voilà... Lawrence se tournait vers Kingsley. Une explication, enfin.

Mais non. Il déclara simplement que Kingsley avait un rapport à faire et céda la parole au soi-disant *Veritatis venator*, « Chercheur de vérité », agent de la police secrète des vampires.

Kingsley salua la tablée d'un sourire lugubre.

– Aînés... et, hum, Mimi, commença-t-il.

Il était d'une beauté aussi diabolique que d'habitude, mais depuis qu'il s'était démasqué en tant que *Venator*, il avait l'air plus âgé. Ce n'était plus un jeune rebelle, mais un homme sérieux et ténébreux en manteau et cravate sombres.

Plusieurs membres du Conclave échangèrent des haussements de sourcils, et Brooks Stewart, un homme aux cheveux blancs, eut une quinte de toux tellement violente que Cushing Carondolet dut lui taper plusieurs fois dans le dos. Comme le tohu-bohu s'apaisait, Kingsley poursuivit sans faire de commentaire.

– Je vous apporte de graves nouvelles. Il se produit une perturbation sur le continent sud-américain. Mon équipe a détecté des signes menaçants qui semblent indiquer une possible *infractio*.

Mimi comprit le mot dans la langue sacrée : Kingsley leur parlait d'une rupture. Mais une rupture de quoi ?

– Que se passe-t-il ? voulut savoir Dashiell Van Horn.

Mimi reconnut en lui l'inquisiteur de son procès.

– Des fissures dans les fondations du Corcovado. Des rumeurs de disparitions parmi les Aînés du Conclave local. Alfonso Almeida n'est pas rentré de son séjour habituel dans les Andes. Sa famille est inquiète.

Esme Schlumberger s'esclaffa.

– Alfie aime aller se perdre dans les grands espaces tous les ans, voilà tout. Il dit que ça le rapproche de la nature. Cela ne veut rien dire.

– Mais le Corcovado... Ça, c'est troublant, intervint Edmund Oelrich, promu Sentinelle en chef depuis la mort de Priscilla.

– Avec ce que nous savons des sang-d'argent – le fait que l'un d'entre eux ait réussi à infiltrer le Sanctuaire même –, tout est possible, dit Kingsley.

– En effet, confirma Dashiell Van Horn en abaissant ses lunettes en demi-lune.

Lawrence opina.

– Vous connaissez tous, bien sûr, les rumeurs selon lesquelles les sang-d'argent auraient fui en Amérique du Sud avant leur disparition. Les sang-bleu sont restés au Nord, et certains ont pensé que les sang-d'argent étaient partis au Sud pour s'y regrouper. Bien sûr, nous n'en avons jamais eu la preuve...

Plusieurs membres du Conclave étaient visiblement mal à l'aise. Depuis l'attaque du Sanctuaire, ils avaient bien dû reconnaître que Lawrence, l'ancien exclu, avait toujours eu raison. Que les Sentinelles avaient délibérément ignoré les signes, qu'elles s'étaient enfoncé la tête dans le sable comme autant d'autruches, trop craintives pour accepter la vérité : les sang-d'argent, les démons du mythe, leurs anciens adversaires, étaient de retour.

– Nous n'avions pas de preuves jusqu'à présent, approuva Kingsley. Mais tout porte à croire que les soupçons de Lawrence étaient fondés.

– Si le Corcovado est compromis, je ne saurai trop insister sur le danger dans lequel nous nous trouvons, dit Lawrence.

– Mais il n'y a eu aucun... décès ? demanda Eliza Dupont d'une voix timide.

– Pas à notre connaissance, confirma Kingsley. L'une des jeunes, une certaine Yana Riberio, est également portée disparue. Mais sa mère pense qu'elle a fugué avec son petit ami pour un week-end impromptu à Punta del Este, ajouta-t-il d'un air narquois.

Mimi gardait le silence ; elle était le seul membre qui n'ait pas encore participé à la discussion. À New York, il n'y avait eu ni morts ni attaques depuis la nuit au Sanctuaire. Elle était agacée de ne pas pouvoir se rappeler pourquoi le Corcovado était tellement important : visiblement, tous les autres participants au Conclave le savaient, mais pas elle. C'était exaspérant de ne pas avoir recouvré l'intégralité de ses souvenirs.

La mention de ce lieu ne lui disait absolument rien. Et elle ne demanderait jamais non plus à personne ce que cela voulait dire : elle avait bien trop d'orgueil pour cela. Peut-être pourrait-elle amener Charles à l'éclairer, bien qu'apparemment, depuis sa démission du Conclave, il ne s'intéressât plus à rien, à part rester dans sa chambre pour consulter de vieux livres et de vieilles photos en écoutant des enregistrements à peine audibles sur un vieux huit-pistes.

– Comme l'a montré l'attaque du Sanctuaire, les sang-d'argent ne sont plus un mythe que nous pouvons choisir d'ignorer. Il nous faut agir rapidement. Le Corcovado doit absolument tenir, déclara Lawrence.

Mais de quoi pouvait-il bien parler ? Mimi aurait aimé le savoir.

– Bien. Quel est le plan d'action ? s'enquit Edmund.

L'atmosphère s'était modifiée. La contrariété due à la présence de Kingsley s'était transformée en contrariété due aux nouvelles qu'il apportait.

Kingsley remua les papiers posés devant lui.

– Je vais rejoindre mon équipe dans la capitale. Sao Paulo est un vrai capharnaüm. Ce sera un bon endroit où se cacher. Puis nous partirons pour Rio à pied afin d'évaluer la situation au Corcovado et de parler avec quelques-unes des familles.

Lawrence opina. Mimi pensa qu'il allait mettre fin à la réunion, mais pas du tout. Au lieu de cela, il retira un cigare de sa poche de chemise. Kingsley se pencha en avant avec une allumette enflammée, et Lawrence inhala profondément. L'air s'emplit de fumée. Mimi fut tentée d'agiter les mains et de rappeler à Lawrence l'interdiction de fumer au Comité, mais elle n'osa pas.

Le *Rex* considéra la tablée d'un œil sévère.

– J'ai conscience que certains d'entre vous s'interrogent sur la présence de Kingsley parmi nous aujourd'hui, dit-il, abordant enfin la question qui brûlait les lèvres de tous.

Il prit encore une bouffée de son cigare.

– Surtout au regard des preuves apportées lors de l'épreuve du sang. Toutefois, j'ai appris depuis que les Martin, et en particulier Kingsley, étaient innocents. Leurs actes étaient justifiés par la mission que leur avait confiée le précédent *Rex*. Pour la protection de l'Assemblée, je ne peux pas révéler plus d'informations sur ce point.

Son père ! Charles était lié à tout cela... Mais pourquoi Lawrence refusait-il de leur dire en quoi ?

– Quelle mission ? demanda impérieusement Edmund. Pourquoi le Conclave a-t-il été tenu à l'écart ?

– Il ne nous appartient pas de contester le *Rex*, lui rappela sèchement Forsyth Llewellyn.

– Ce n'est pas dans nos usages, renchérit Nan Cutler.

Mimi voyait que la table était nettement divisée en deux : la moitié des membres étaient indignés et nerveux, les autres étaient prêts à accepter la déclaration de Lawrence sans poser de questions. Ce qui n'avait d'ailleurs aucune importance. Le Conclave n'était pas une démocratie ; le *Rex* était un chef incontesté dont la parole avait valeur de loi. Mimi tremblait d'une rage à peine contenue. Qu'était devenu le Conclave qui l'avait condamnée au bûcher à peine quelques mois plus tôt ? Ce n'était pas juste ! Comment pouvaient-ils faire confiance à un sang-d'argent « repenti » ?

– Quelqu'un souhaite-t-il exprimer officiellement son désaccord ? demanda tranquillement Lawrence. Edmund ? Dashiell ?

Dashiell baissa la tête.

– Non. Nous avons placé notre confiance en vous, Lawrence.

Edmund concéda un hochement de menton réticent.

– Merci. Kingsley est de nouveau membre électeur du Conclave, et doté des pleines attributions de *Venator*. Joignez-vous à moi pour accueillir son retour en notre sein. Sans Kingsley, nous n'aurions pas été informés si tôt des événements au Corcovado.

Il y eut un léger crépitement d'applaudissements.

La réunion s'acheva, et les Aînés se divisèrent en groupes chuchotants. Mimi remarqua que Lawrence s'entretenait à voix basse avec Nan Cutler.

Kingsley s'approcha de Mimi et posa une main légère sur son coude.

– Je voulais te dire que je suis navré de ce qui s'est passé. Le procès et tout.

– Tu m'as piégée, siffla-t-elle en repoussant son bras d'une secousse.

– C'était inévitable. Mais quand même, je suis heureux de voir que tu vas bien, dit-il.

Pourtant, le ton de sa voix indiquait que son bien-être ne l'intéressait pas le moins du monde.

Six

L e garçon avança d'un pas dans la lumière, le visage illu-
miné par le feu de cheminée. Il n'avait pas changé : les
mêmes yeux tristes, la même tignasse noire. Il portait le même
tee-shirt sale et un jean que Theodora se rappelait l'avoir vu
porter lors de leur dernière rencontre.

– Dylan ! Mais comment ? Qu'est-ce qui t'est arrivé ? Où
étais-tu passé ?

Elle courut se jeter à son cou avec un sourire d'extase.
Dylan ! Vivant ! Il n'était pas attendu, mais il était absolument
le bienvenu. Elle avait une foule de questions à lui poser : que
lui était-il arrivé la nuit de sa disparition ? Comment avait-il
échappé aux sang-d'argent ? Comment était-il possible qu'il ait
survécu ?

Pourtant, dès qu'elle se fut approchée de lui, elle comprit
que quelque chose n'allait pas du tout. Dylan avait l'air sévère,
en colère. Les yeux dans le vague, au bord de l'hystérie.

– Qu'est-ce qui se passe ?

À la vitesse de l'éclair, Dylan repoussa Theodora par la pensée, une poussée télépathique – VLAN ! –, mais elle fut plus
rapide et esquiva ce coup mental.

– Dylan ! Qu'est-ce que tu fais ?

Elle leva les mains comme pour s'en faire un bouclier, comme si elle pouvait se protéger derrière une barrière physique.

VLAN ! Encore. Cette fois, la suggestion était de se jeter du balcon.

Theodora suffoqua et crut que son cerveau allait exploser sous la pression qu'il combattait.

Elle se rua sur la terrasse, incapable d'empêcher la suggestion de prendre le pouvoir sur ses sens. Elle regarda par-dessus son épaule. Dylan était juste derrière elle. Il avait l'air fou et cruel, comme possédé par une force maléfique.

– Pourquoi tu fais ça ? s'écria-t-elle alors qu'il lui envoyait encore un ordre déchirant, atroce.

SAUTE !

Oui. Elle doit se soumettre, elle doit obéir – SAUTE ! – Oui, elle le fera, mais si elle ne fait pas attention, et si elle n'a pas le temps... elle risque de perdre l'équilibre... elle risque de... Oh Seigneur, si Lawrence se trompait ? Si elle n'était pas immortelle ? Elle est à demi humaine, après tout... Si elle ne survivait pas ? Si, contrairement aux autres sang-bleu, le cycle du sommeil, du repos et de la réincarnation ne s'appliquait pas à elle ? Si cette vie-là était la seule qu'elle ait ? Mais il est bien trop tard pour s'en inquiéter... Elle n'a pas le choix. SAUTE ! Elle ne voit pas où elle va, elle bat l'air et tâtonne à la recherche d'une prise... Il est juste derrière elle, alors elle va...

Elle se jeta de la terrasse, elle volait...

Pas le temps, pas le temps de se raccrocher à une corniche, pas le temps d'attraper une rambarde... Le trottoir se rapprochait...

Theodora se raidit contre l'impact et atterrit sur ses pieds.

Sur ses bottes. POUM. En plein milieu d'un groupe de branchés agglutinés devant le restaurant de Perry Street : des New-Yorkais abandonnés aux éléments pour cause de tabagisme.

Et en un éclair, Dylan fut juste derrière elle. Si rapide, il était tellement, tellement rapide...

Puis une puissante coercition prit le pouvoir : ce n'était plus de la suggestion, c'était un contrôle absolu. Écrasant. C'était le cinquième facteur méconnu du *Glom*, dont lui avait parlé Lawrence. Le *Consumptio alienans*. L'abandon total d'un esprit à un autre.

Pour les sang-bleu, le *Consumptio alienans* signifiait la mort instantanée. Pour les vampires, cela désignait une paralysie irrévocable : un esprit annexé de sorte que votre volonté soit entièrement soumise. Lawrence lui avait dit que prendre le sang et les souvenirs d'autres vampires, exécuter la *Caerimonia osculor* sur leurs semblables, n'était pas le seul méfait pour lequel étaient connus les sang-d'argent. Ils avaient d'autres tortures en réserve et d'autres cartes dans leur manche. Ils ne saignaient pas toutes leurs victimes à blanc ; certaines étaient laissées en vie parce qu'elles leur étaient plus utiles en tant que pions.

Theodora se sentit alourdie tandis que la force du *Consumptio alienans* s'installait en elle... Elle était sur le point de succomber ; tellement plus facile de se rendre que de combattre... elle se sentait faiblir sous son emprise... Que resterait-il d'elle s'il réussissait ? Elle pensa à sa mère, en vie sans l'être : serait-ce aussi son destin ? Elle oscillait sur ses pieds, chancelante ; ce serait bientôt terminé. Mais alors elle trouva quelque chose dans l'exhalaison noire – comme une queue, la queue du *Glom* – et parvint à isoler le signal, à comprendre quelle partie s'efforçait de la contrôler, et elle le tordit comme si elle combattait un alligator, le retourna sens dessus dessous, et voilà qu'elle reprenait le dessus, qu'elle le pliait à sa volonté, et...

Dylan hurle – c'est lui qui a mal – c'est lui qui est au pied du mur, incapable de faire un geste tant que son esprit le tient en respect. Elle le sent, elle sent sa domination prendre le dessus, et elle exulte avec avidité, triomphante. Elle le serre – serre tout son être – avec son esprit. Comme dans un étau...

Elle est en train de le tuer...

Bientôt il ne sera plus lui-même... mais une extension de sa volonté...

Jusqu'à ce que...

– THEODORA ! STOP !

– NE FAIS PAS ÇA !

– THEODORA !

Un rugissement.

Son nom. Quelqu'un l'appelait par son nom. Oliver. Lui disant d'arrêter.

Theodora relâcha sa prise, mais pas entièrement. Elle avait toujours la main tendue en avant, et à cinq mètres d'elle, Dylan était collé à un mur. Épinglé là par son esprit. Il suffoquait. Il n'arrivait pas à respirer.

– PITIÉ !

C'était une voix de fille cette fois. Bliss.

Là. Elle céda.

Dylan s'effondra au sol.

Sept

Bliss courut le plus vite possible. Elle avait tout vu. Depuis le taxi, elle avait assisté à tout : le bond de Theodora, Dylan à ses trousses, la poursuite, le renversement de situation. Elle avait été témoin du supplice de Dylan et de la maîtrise de Theodora.

Pitié, faites qu'elle ne l'ait pas tué.

– Dylan !

Bliss s'agenouilla à côté de lui. Comme il était couché face contre terre sur le trottoir, elle le retourna avec douceur et le prit dans ses bras. Il était si maigre... rien que la peau sur les os sous son tee-shirt. Elle le tenait tendrement comme un oisillon. Il était diminué et pitoyable, mais il était à elle. Les larmes roulèrent sur ses joues.

– Dylan !

De retour de son *go-see*, constatant qu'il n'était pas au rendez-vous prévu, elle avait tout de suite su que quelque chose n'allait pas. Elle avait appelé Oliver pour lui dire de la retrouver dès que possible à l'immeuble de Perry Street. Dylan disait depuis le début qu'il allait faire quelque chose, et voilà qu'il l'avait fait : il avait dû la suivre. Par chance, Bliss savait où le trouver car elle connaissait le secret de Theodora et savait où elle serait ce soir.

Dylan ouvrit les yeux. Il eut un mouvement de recul en voyant Bliss, puis se tourna vers Theodora et éructa un borborygme grave et tonnant : *Argente Croatane !*

– Tu es fou ? lui demanda Theodora, à côté de qui Oliver se tenait dans une attitude protectrice.

Elle n'en croyait pas ses oreilles. Dylan venait de la traiter de sang-d'argent. Que se passait-il ? Que lui était-il arrivé ? Pourquoi sa voix résonnait-elle ainsi ?

– Dylan, arrête. Theo... il ne sait pas de quoi il parle, dit nerveusement Bliss. Dylan, je t'en prie, tu dis n'importe quoi.

Dylan eut une absence, ses pupilles se contractant rapidement comme si on lui braquait une lampe torche dans les yeux. Puis il éclata d'un rire strident et glapissant.

– Tu savais qu'il était de retour et tu ne m'as rien dit, observa Theodora, et l'accusation resta suspendue entre elles.

– Oui, fit Bliss en inspirant brusquement. Je ne voulais pas le dire parce que...

Parce que tu l'aurais raconté au Conclave. À cause de toi, on me l'aurait enlevé. Et c'est vrai, il a changé. Il lui est arrivé une chose affreuse et indicible. Mais je l'aime toujours. Tu comprends, n'est-ce pas ? Toi qui attends dans un appartement un garçon qui n'arrive pas.

Theodora hocha la tête. Elles se comprenaient sans se parler. C'était ainsi chez les vampires.

– Mais quand même, il ne peut pas rester comme ça ; il faut qu'on lui trouve de l'aide.

Theodora se rapprocha d'eux deux.

– Ne me touche pas, grogna Dylan.

Soudain, il sauta sur ses pieds et saisit Bliss à la gorge, ses doigts osseux serrant violemment son cou pâle.

– Si tu n'es pas prête à m'aider, tu es des leurs, dit-il, menaçant, en resserrant son étreinte.

Bliss se mit à pleurer.

– Dylan... ne fais pas ça.

Theodora eut un mouvement vers Dylan, mais Oliver la retint.

– Attends, lui dit-il. Attends... Je ne peux pas le laisser te faire encore du mal...

Pendant ce temps, Dylan poussait Bliss de plus en plus loin par la pensée, sa fureur était implacable, et sa puissance rendue plus terrifiante encore dans son absence de retenue. Bliss tomba à genoux. Elle ne se livrerait à aucune gymnastique télépathique.

À présent, c'était au tour de Theodora de hurler. À son tour de le supplier d'arrêter.

Dylan ne leur prêta aucune attention et caressa la joue de Bliss de son autre main. Il s'inclina, la bouche sur son cou. Theodora le vit sortir ses crocs. Ils étaient prêts à pomper le sang.

– Non... Dylan... je t'en prie, chuchota Bliss. Non...

– Laisse-moi, dit Theodora en repoussant Oliver.

Bliss regarda son amie préparer fébrilement une incantation pour briser l'emprise de Dylan.

Mais juste avant que Theodora ait pu envoyer la coercition, les épaules de Dylan se mirent à trembler et il tomba au sol tout seul, relâchant brusquement sa victime. Bliss roula par terre tandis que des empreintes de doigts violettes fleurissaient sur son cou.

Dylan baissa la tête entre ses genoux et se mit à sangloter.

– Qu'est-ce qui vient de se passer, bon sang ? s'écria-t-il, d'une voix que Bliss reconnut enfin.

Pour la première fois ce soir-là, Dylan semblait être lui-même.

HUIT

Goûte, dit Mimi en levant une cuiller sur laquelle trem-
blotait un monticule gélatineux. C'est délicieux.

Son frère posa un regard soupçonneux sur l'amuse-gueule.
La gelée d'oursin à la mousse d'asperge, ça ne lui disait trop
rien. Mais il prit vaillamment une bouchée.

– Tu vois ? fit Mimi en souriant.

– Pas mauvais, opina Jack.

Elle avait raison, comme d'habitude.

Ils étaient installés sur les banquettes intimes d'un restaurant situé dans le rutilant Time Warner Center. Un restaurant
qui était, du moins pour le moment, le plus cher et le plus
réputé de Manhattan. Décrocher une réservation au *Per Se* s'ap-
parentait à obtenir une audience auprès du pape. Presque
impossible. Mais les secrétaires de papa étaient là pour ça.

Mimi aimait le nouveau centre commercial, comme elle
l'appelait. Il était brillant, scintillant et design, exactement
comme la tour Force. Il dégageait un parfum délicieusement
cher, comme une Mercedes neuve. L'immeuble et tout ce qu'il
contenait était une ode au capitalisme et à l'argent. On ne

61

pouvait pas y dépenser moins de cinq cents dollars pour un repas pour deux, dans aucun de ses restaurants quatre étoiles. C'était le New York post-boom économique, avec ses plus-values à sept chiffres, le New York des financiers et des milliardaires express, le New York des *traders* sans foi ni loi, fiers de s'afficher au bras de poupées Barbie exhibant leur corps liposculpté et leurs extensions couture.

Jack, bien sûr, détestait cela. Jack préférait une ville dont il n'avait seulement jamais fait l'expérience. Il avait des accès de nostalgie pour l'époque légendaire du Village, où tous les artistes, de Jackson Pollock à Dylan Thomas, pouvaient être vus en train d'arpenter les rues pavées. Il aimait la suie, la crasse, et un Times Square connu pour ses arnaqueurs, ses joueurs de bonneteau et ses bars à jus de fruits en sous-sol (car les bars à strip-tease n'avaient pas le droit de servir d'alcool). Il ne digérait pas que New York ait été conquise par les marchands de glaces allégées et de nourriture saine comme *Jamba Juice*, *Pinkberry* ou *Cold Stone*.

Il s'était préparé à mépriser le précieux restaurant de seize tables seulement, planté au milieu de ce qui n'était au fond qu'une galerie marchande. Mais à mesure que les plats se succédaient — sabayon de caviar aux huîtres, truffes blanches généreusement râpées sur des tagliatelles luisantes, moelle sur bœuf de Kobe archifondant —, Mimi vit qu'il commençait à changer d'avis. Chaque assiette ne contenait que quelques petites bouchées, juste assez pour stimuler les sens et les rendre fous d'envie d'une nouvelle dose de délices gourmands.

En entrant ce soir-là, ils avaient trouvé ce lieu grouillant de sang-bleu, un fait un peu surprenant puisque les vampires ne mangeaient que pour s'amuser ; mais apparemment, même s'ils n'avaient pas besoin de nourriture, ils appréciaient de se faire chatouiller les papilles. Un couple d'Aînés, membres émérites du Conclave – Margery et Ambrose Barlow –, occupait une table d'angle. Mimi constata que Margery s'était encore endormie, comme elle le faisait entre tous les plats. Mais le serveur, qui semblait s'y être habitué, se contentait de la secouer chaque fois qu'il apportait quelque chose de nouveau à table.

– Alors, c'était comment, cette réunion ? demanda tranquillement Jack en posant la cuiller et en indiquant au garçon, d'un signe du menton, qu'il avait terminé.

– Intéressant, dit-elle en sirotant son verre de vin. Kingsley Martin est de retour.

Jack eut l'air surpris.

– Mais il...

– Je sais, fit Mimi avec un haussement d'épaules. Lawrence n'a rien voulu nous expliquer. Apparemment il y a une raison, mais bien trop importante pour être partagée avec le Conclave. Je te jure, il mène tout ça comme si on était encore au XVIIᵉ siècle. C'est une vaste plaisanterie d'avoir des « membres électeurs ». Il ne nous demande notre opinion sur rien. Il n'en fait qu'à sa tête.

– Il doit avoir une bonne raison, dit Jack dont le regard s'illumina car le serveur apportait de nouveaux délices.

Il eut l'air déçu en constatant que ce n'était qu'une louchée de salade de pommes de terre.

Mimi aussi fronça les sourcils. Elle s'attendait à un feu d'artifice gastronomique, pas à un plat de pique-nique. Mais une bouchée suffit à lui faire changer d'avis.

– C'est... la... meilleure salade de pommes de terre... au monde.

Jack abonda dans son sens tout en dévorant activement la sienne.

– On est bien, ici, non ? dit Mimi en désignant la salle et la vue sur Central Park.

Elle tendit la main à travers la table et prit celle de son frère. Le fait qu'elle ait failli être tuée à Venise était sans doute la meilleure chose qui soit arrivée à leur relation. Face à la perspective de perdre sa jumelle à jamais, Jack était devenu la dévotion incarnée.

Elle se rappelait encore comment il l'avait tenue dans ses bras le soir qui avait suivi l'épreuve du sang. L'inquiétude lui avait vieilli les traits en une nuit.

– J'ai eu si peur... si peur de te perdre...

Mimi avait été suffisamment émue pour lui pardonner ses infidélités.

– Jamais, mon amour. Nous serons ensemble pour toujours.

Après cela, elle n'avait plus entendu parler de Theodora. Même quand cette petite peste avait emménagé sous leur toit, Jack était resté froid et indifférent avec elle. Il ne lui adressait jamais la parole, c'est à peine s'il la regardait. Pour autant que Mimi le sache, en sondant secrètement son âme lorsqu'il baissait la garde, il ne pensait même jamais à elle. Elle n'était qu'une intruse agaçante. Comme une souillure impossible à effacer.

Peut-être avait-elle obtenu ce qu'elle voulait, après tout. Elle n'avait pas pu se débarrasser de Theodora, mais l'attaque avait réussi à lui attacher l'amour de son jumeau vampirique.

– Homard poché au beurre, murmura le serveur en posant silencieusement deux assiettes.

– Alors tu vois, je me disais que ce serait bien d'inviter tout le monde à notre union, dit Mimi entre deux bouchées.

Jack poussa un grognement indéfini.

– Oh, je sais. Tu aimes les manières à l'ancienne, rien que nous deux au clair de lune, patati, patata. Mais tu te rappelles Newport ? Ça, c'était une réception. Et tu sais, réunir les Quatre Cents à une union, c'est ce qui se fait de nos jours. Il paraît que Daisy Van Horn et Toby Abeville viennent de s'unir à Bali. On appelle ça une « union exotique », dit Mimi avec un petit gloussement.

Jack fit signe au serveur d'apporter une autre bouteille de vin.

– Tu sais, aujourd'hui, la plupart des sang-rouge attendent d'avoir la trentaine pour se marier. Il n'y a pas le feu, n'est-ce pas ? demanda-t-il en considérant avec une satisfaction suprême le septième plat (ou était-ce le huitième ?) : un bol de soupe de pois cassés glacée.

– Eh bien moi, j'ai le sang bleu, mon ami.

Mimi retroussa la lèvre. C'était vrai, les sang-rouge qu'ils connaissaient attendaient un temps ridiculement long avant de s'unir, mais ce n'étaient que de simples mariages de mortels. Les humains brisaient leurs serments chaque jour sans que cela porte à conséquence. Alors que leur situation à eux était céleste. Certes, la tradition voulait que les vampires gémellaires s'unissent à l'occasion de leur vingt et unième anniversaire, mais Mimi ne voyait aucune raison d'attendre jusque-là et rien dans le Code ne leur interdisait de le faire plus tôt. Plus vite ils échangeraient leurs serments, mieux ce serait.

Une fois leurs vœux échangés, leurs âmes s'épouseraient étroitement. Rien ne pourrait plus les séparer. Ils ne feraient plus qu'un dans cette vie, comme ils l'avaient fait dans les autres. Lorsque l'union serait scellée, elle ne pourrait plus être brisée de tout le cycle. Theodora ne serait plus qu'un lointain souvenir. Jack oublierait les sentiments qu'il avait eus pour elle. Les voies du lien étaient mystérieuses et irrévocables. Mimi l'avait constaté dans des vies précédentes : son jumeau se languissait de Gabrielle (devenue Allegra Van Alen durant ce cycle) dans sa jeunesse, mais une fois ses vœux prononcés, il ne se rappelait même plus son nom. Azraël était alors la seule étoile noire de son univers.

– Tu ne crois pas qu'on devrait passer le bac d'abord ? lui demanda Jack.

Mimi n'écoutait pas. Elle prévoyait déjà les essayages pour sa robe d'union.

– Ou bien je ne sais pas, on pourrait s'enfuir au Mexique, qu'est-ce que tu en dis ?

Jack sourit et continua de manger sa soupe.

NEUF

Theodora se rappela fugacement que la dernière fois qu'elle était allée à l'*Odeon*, elle était déjà avec Oliver et Dylan. C'était tout juste un an plus tôt : Dylan était nouveau à Duchesne, et le chauffeur d'Oliver les avait emmenés en ville. Ils s'étaient baladés dans les rues, étaient entrés dans les boutiques, les librairies et les magasins de disques, avaient regardé dans les bocaux d'apothicaires et s'étaient fait lire les lignes de la main par une gitane sur le trottoir. Et puis, en fin de journée, ils s'étaient engouffrés dans le restaurant, s'étaient installés sur les confortables banquettes de cuir craquelé rouge et avaient mangé des moules-frites pendant que Dylan commandait des bières grâce à son permis de conduire falsifié et leur racontait comment il s'était fait virer de tous les lycées privés de la côte Nord-Ouest.

À présent, c'était une histoire toute différente que leur racontait Dylan, avec Bliss assise en silence à côté de lui.

Il leur racontait ce qui lui était arrivé.

Maintenant qu'il n'essayait plus de la tuer, Dylan n'était plus aussi effrayant, il n'avait plus l'air si... fou et délirant. Il était simplement trop maigre, comme un chat abandonné sous la pluie pendant les vacances de ses maîtres. Il avait les paupières tombantes et des hématomes noirs sur les joues. Sa peau était mal en point, couverte de petites coupures : des petites coupures partout sur ses avant-bras, comme s'il avait traversé une vitre. C'était peut-être le cas.

Oliver entoura Theodora de son bras. Après ce qui venait de se passer, il se fichait bien qu'on les voie ensemble. Et pour une fois, Theodora était d'accord. Elle aimait sentir sa main posée là. Elle appréciait de se sentir protégée. Ses pensées dérivèrent jusqu'à l'appartement vide de Perry Street. Mais elle se força à se concentrer sur Dylan.

– Je ne me souviens pas de grand-chose, en fait. Je me suis enfui, vous savez. Je suis allé à la vieille planque, sur Shelter Island... Je m'y suis réfugié. Mais le monstre a fini par me rattraper. Je ne me rappelle pas bien ce qui s'est passé, mais j'ai de nouveau réussi à fuir, et cette fois j'ai trouvé de l'aide.

» Les *Venator*, poursuivit-il d'une voix empreinte de respect. Vous en avez entendu parler, n'est-ce pas ?

Ils opinèrent. Ils savaient aussi que l'un d'entre eux avait été envoyé à Duchesne. Bliss leur raconta que Kingsley Martin était de retour. Forsyth Llewellyn était au Conclave cet après-midi. Mais Theodora ne prêta aucune attention à la nouvelle ; elle voulait savoir ce qui était arrivé à Dylan.

– Bref, ils m'ont hébergé chez eux, ils ont pris soin de moi le temps que je récupère. L'un des sang-d'argent m'a atteint assez profondément dans le cou. Mais les *Venator* m'ont dit que ce n'était pas grave, que je n'étais pas « corrompu », vous savez... « transformé » en l'un d'entre eux. Toujours est-il que...

(il regarda Theodora d'un air hésitant) j'ai surpris leurs conversations... comme quoi le Conclave avait fini par trouver qui était le sang-d'argent parmi nous, et ils disaient...

– Ils disaient que c'était moi, c'est ça ? demanda Theodora en piquant une frite dans l'assiette d'Oliver.

Dylan ne nia pas.

– Ils disaient que c'était toi, que c'était bien toi. Cette nuit-là au *Bank*. Le dernier souvenir que j'en ai, c'est que j'étais avec toi, Theodora, et ils disaient que c'était toi qui m'avais attaqué.

– Et tu y crois ? demanda-t-elle.

– Je ne sais pas ce que je dois croire.

– Est-ce que tu sais au moins qui elle est ? éclata Oliver. Je veux dire, je suis content que tu sois de retour et tout ça, mais tu débloques à pleins tubes. Theodora est... Sa mère est...

Il était tellement en colère qu'il n'arrivait pas à terminer.

– Tu connais l'histoire de Gabrielle ? demanda Theodora.

– Un peu, concéda Dylan. Gabrielle l'Incorrompue, unie à Michel le Cœur pur. Les seuls vampires qui n'avaient pas péché contre le Tout-Puissant. Dans ce cycle, Michel s'appelle Charles Force. Et alors ?

– Gabrielle est ma mère.

– Montre-lui, la pressa Bliss.

Theodora tira sur la grosse montre d'homme qu'elle portait au poignet droit. Elle la remonta sur son bras comme elle avait vu Charles le faire le soir où elle l'avait accusé d'être le sang-d'argent. C'était drôle qu'à présent elle ait recours au même procédé pour laver son propre nom.

Gravée dans sa peau, exactement comme dans celle de Charles, apparaissait la marque. Un signe cabalistique en relief, comme marqué au fer rouge. Une épée perçant des nuages.

– Qu'est-ce que c'est ? demanda Dylan.

– La marque de l'archange, expliqua Oliver. Elle est fille de la Lumière. Elle ne peut absolument pas être une sang-d'argent. Elle est tout le contraire. Elle est tout ce qu'ils redoutent.

Theodora toucha la marque. Elle était là depuis toujours, depuis sa naissance. Elle l'avait prise pour une tache bizarre jusqu'à ce que Lawrence la lui fasse remarquer.

Dylan regardait fixement la marque. Elle brillait. Il fit un signe de croix. Il baissa les yeux sur son steak-frites.

– Mais alors, qui étaient-ils... les *Venator* qui m'ont aidé ? demanda-t-il d'une voix cassée.

Oliver eut un fin sourire. Il tapa sur la table devant son ami.

– Tu ne trouves pas ça évident ?

– Non.

– Je sais précisément qui ils étaient. C'étaient les sang-d'argent.

MISE À JOUR SUR DYLAN WARD :

Le sujet a été interrogé et relâché.

Transcription de l'interrogatoire détruite conformément au mandat du *Rex* 1011.

DIX

– Tu es sûr que ça va aller ?

Bliss promena son regard dans la chambre d'hôtel sale. Elle n'y était jamais entrée auparavant. Dylan avait toujours insisté pour qu'ils se retrouvent dans le hall du *Chelsea Hotel*. L'établissement avait connu des jours meilleurs. Il était décrépit et délabré, mais c'était une institution new-yorkaise au passé littéraire et scandaleux. C'était au *Chelsea* que Sid Vicious, rendu fou par l'héroïne, aurait poignardé Nancy Spungen, c'était là que Dylan Thomas était mort alcoolique. C'était aussi le lieu qui avait inspiré la chanson de Bob Dylan « Sara » (« *Stayin' up for days at the Chelsea Hotel...* ») et où Allen Ginsberg avait écrit certains de ses poèmes.

Elle fit le tour de la chambre et contempla la rue mouillée de pluie à travers les stores. La nuit où il était revenu pour la première fois, elle avait été stupéfaite et heureuse de le voir. Elle n'avait jamais véritablement cru qu'il soit parti pour toujours, mais c'était tout de même extraordinaire de découvrir qu'il était en vie.

Ce soir-là, elle l'avait supplié de rester près d'elle, mais il avait insisté pour aller au Chelsea. Il se sentait plus en sécurité en plein centre-ville, avait-il dit, et à l'idée de repasser une nuit dans une suite cinq étoiles de luxe comme celle où le Conclave l'avait enfermé pendant l'enquête sur la mort d'Aggie Carondolet, il avait simplement haussé les épaules.

La nuit de son retour, elle avait voulu être près de lui, sentir son corps contre le sien. Elle s'était sentie encore plus proche de lui sachant qu'il était comme elle, un vampire, et non un simple sang-rouge qu'elle aurait pu saigner à blanc. Avant son départ, ils avaient eu... pas tout à fait une histoire, mais plus qu'un flirt. Ils étaient sur le point de commencer quelque chose... Elle se rappelait encore le goût de sa peau, le contact de ses mains sous son tee-shirt.

Mais Dylan n'avait manifesté aucune envie de reprendre là où ils s'étaient arrêtés. Même s'il ne l'avait jamais repoussée frontalement, elle se sentait quand même rejetée. Cette première nuit, elle avait tenté de passer ses bras autour de lui, et il l'avait serrée avec impatience avant de la lâcher bien vite, comme s'il répugnait à la toucher. Il avait exigé qu'ils partent à la recherche de Theodora pour la mettre au pied du mur, et Bliss avait passé des heures à tenter de l'en dissuader. Ils s'étaient disputés, et elle l'avait raccompagné à pied à son hôtel...

Dans cette suite sale, malodorante. Le ménage n'était-il jamais fait ? Comment un tel laisser-aller était-il possible ? Des journaux empilés jusqu'à hauteur de la taille, des canettes vides partout par terre, des cendriers débordant de mégots...

– Désolé pour le désordre.

Elle s'assit sur le coin d'un canapé écossais couvert de vieux numéros du *Sunday Times*. Elle était très fatiguée, soudain. Elle avait attendu son retour, elle en avait rêvé tellement long-temps... et à présent il était là, mais ce n'était pas du tout comme elle l'avait imaginé. Tout allait mal, mal, mal. Il avait tenté d'agresser Theodora ; il avait tenté de l'agresser, elle.

Comme s'il connaissait ses pensées, Dylan prit la parole.

– Bliss, je ne sais pas ce qui m'a pris là-bas. Tu sais bien que jamais je ne... jamais...

Bliss hocha froidement la tête. Elle avait envie de le croire, mais la force de sa volonté battait encore dans son esprit. Il lui avait fait cela, il lui avait donné un coup de couteau... un couteau mental, mais cela n'enlevait rien au tranchant de sa lame.

Dylan s'assit à côté d'elle sur le canapé et l'attira à lui. Que faisait-il ? Alors *maintenant* il voulait l'embrasser ? *Maintenant* il voulait qu'ils soient ensemble ? Alors qu'il n'avait pas arrêté de lui faire croire qu'il n'en était rien ?

Elle était bien obligée de se rendre aux arguments de Theo-dora et d'Oliver. Dylan était dangereux. Il avait changé. Était-il corrompu ? Était-il en train de se transformer en sang-d'argent ? Il avait bien pris Aggie, non ? Après leur dîner à l'*Odeon*, ils avaient mis Dylan à l'arrière d'un taxi et Bliss avait eu une rapide discussion à voix basse avec Theo et Ollie.

– On ne peut pas le laisser tout seul.

– Je vais rester avec lui, leur avait-elle promis.

– Sois prudente.

– Il n'a pas toute sa tête.

– Je sais, avait admis Bliss.

– Qu'est-ce qu'on va faire ?

– On trouvera. Comme d'habitude.

Ça, c'était Oliver. Toujours optimiste.

75

Et à présent elle était là, dans cette chambre dégoûtante, avec le garçon qu'elle avait autrefois aimé au point que son cœur avait souffert pendant des mois après sa disparition.

Dylan retira sa veste. C'était un léger coupe-vent beige en Nylon, le genre que l'on trouve dans les grandes surfaces qui proposent des pneus et des sous-vêtements dans la même allée. Elle se rappelait vaguement avoir jeté une veste en cuir ensanglantée à la poubelle. Qu'était-elle devenue ? Incinérée.

Elle se raidit lorsque les mains du garçon effleurèrent légèrement son bras.

– Qu'est-ce que tu fais ? lui demanda-t-elle.

Elle voulait être en colère, mais ressentait une excitation impatiente, malaisée, à la place. Il était si différent des garçons sang-rouge qu'elle avait eus... Mimi avait raison : quand on se trouvait avec ses pairs, quelque chose vous faisait circuler le sang différemment.

Il frotta le nez contre sa joue.

– Bliss...

Sa manière de prononcer son nom, avec une telle douceur, une telle intimité, son souffle tiède dans son oreille...

– Reste avec moi, dit-il.

Avant même qu'elle ait pu mollement protester, il s'était débrouillé pour qu'ils se retrouvent allongés sur le canapé, ses genoux à elle sous les siens, ses cuisses pressées contre les siennes, ses doigts à lui entortillés dans ses cheveux, et elle passait les mains sur tout son torse : il avait maigri, mais ses muscles avaient acquis une dureté nouvelle. Puis sa langue fut dans sa bouche... et c'était si doux... Elle sentit les larmes accumulées derrière ses yeux lui rouler le long des joues, et il les embrassait aussi... Seigneur, comme il lui avait manqué...

76

Il lui avait fait mal, mais peut-être ne blesse-t-on que ceux qu'on aime ?

Il tâtonna à la recherche du bas de sa jupe, et elle l'aida à la relever ; il enfouit son visage dans le creux sous son cou, puis soudain il s'écarta d'un bond, comme s'il s'était brûlé.

– Tu as toujours cette chose, dit-il en s'éloignant d'elle le plus possible, blotti à l'autre bout du canapé, loin d'elle. *Palma diaboli...*

Il parlait un langage qu'elle ne comprenait pas.

– Quoi ? demanda-t-elle, encore étourdie par ses baisers, encore ivre de son odeur.

Elle regarda l'endroit qu'il pointait du doigt.

Le collier. Le Fléau de Lucifer. L'émeraude retenue sur son cœur par une chaîne. Sans savoir pourquoi, elle ne l'avait jamais remise dans le coffre de son père. Sans savoir pourquoi, elle avait pris l'habitude de la porter partout où elle allait.

Cela la réconfortait de la savoir là. Lorsqu'elle la touchait, elle se sentait... mieux. En sécurité. Elle-même.

Dylan avait l'air dévasté.

– Je ne peux pas t'embrasser avec ce truc autour du cou.

– Quoi ?

Bliss repassa sa chemise par-dessus sa tête.

Il continuait à avoir l'air empoisonné.

– Tu portais ça depuis le début. Alors c'est pour ça que je ne pouvais pas... Je savais qu'il y avait une raison.

Puis il se remit à divaguer. Dans une autre langue. Cette fois on aurait dit du chinois.

Bliss remit sa chemise. Il était *incroyable*. Elle avait vraiment été idiote. D'accord, elle avait promis à Theodora et à Oliver de le surveiller, mais il ne représentait plus un danger. Il savait que Theodora n'était pas un sang-d'argent. Et d'ailleurs, il était assez grand pour s'occuper de lui-même.

Pas question qu'elle reste là une seconde de plus. Elle était humiliée. Elle n'avait aucune idée de ce qu'il ressentait vraiment pour elle. Il soufflait le chaud et le froid. Une minute il lui arrachait ses vêtements, et celle d'après il s'enfuyait comme si son corps était la chose la plus dégoûtante qu'il eût jamais vue. Elle n'en pouvait plus de ce petit jeu.

– Tu t'en vas ? lui demanda Dylan tandis qu'elle rassemblait ses affaires et se dirigeait vers la porte.

– Pour le moment.

Il la regarda longuement, tristement.

– Tu me manques quand tu n'es pas là.

Bliss hocha le menton comme s'il venait de tenir un propos insignifiant sur la météo. Dylan n'avait qu'à traîner ses yeux de chien battu et sa voix sexy ailleurs. Tout ce qu'elle voulait, c'était être seule.

ONZE

— D ernière tournée, les jeunes, les informa la serveuse.
— Encore un Campari ? demanda-t-elle à Oliver.

Il fit cliqueter ses glaçons et vida son verre à cocktail d'une traite.

— D'accord.

— Et vous, vous reprenez quelque chose ?

Theodora envisagea de commander un dernier verre de Johnnie Walker Black. Auparavant elle détestait le whisky, mais récemment elle y avait pris goût. C'était fort, doux, succulent... C'était ce qui se rapprochait le plus du sang. Oliver lui avait demandé un jour de lui décrire ce goût, puisqu'il n'en voyait pas l'attrait. Pour lui, le sang avait une saveur métallique et vaguement douceâtre. Theodora lui avait expliqué que les vampires le percevaient avec un autre sens : c'était comme boire du feu.

D'où son tout nouvel amour pour le whisky.

— Oui, pourquoi pas, répondit-elle à la serveuse.

De toute manière, elle ne risquait pas de se soûler. Oliver, de son côté, semblait bien parti pour. Il avait pris l'habitude de puiser des forces dans l'alcool dès qu'ils se retrouvaient tous les deux. Bien sûr, il n'était pas ivre lorsqu'ils se croisaient au lycée... mais ces rencontres fortuites étaient si brèves que cela ne comptait pas. Cependant, elle avait remarqué que chaque fois qu'ils passaient un certain temps ensemble, il était un peu éméché.

La serveuse revint avec deux verres à cocktail remplis à ras bord. Il était bien plus de minuit, et les seuls clients qui restaient étaient de jeunes clubbeurs au regard hébété qui prenaient un petit déjeuner après une nuit de débauche au champagne fermée au grand public par des cordons de velours, ou bien de jeunes clubbeurs au regard hébété prenant un petit déjeuner avant une *after* matinale dans un *lounge* où l'on ne servait pas d'alcool et où la clientèle préférait s'enivrer d'elle-même que de substances artificielles.

Oliver aspirait son cocktail avec une paille rouge. Son goût pour le sucré attendrissait Theodora. Il détestait la bière et tous les attributs de ce qu'il appelait le « beauf américain dans toute sa splendeur ». Paradoxalement, les boissons de fille ne le rendaient que plus viril aux yeux de Theodora. Il ne craignait pas d'être lui-même.

Comme c'était agréable de sortir enfin en public avec Oliver ! Elle ne risquait pas de lui planter ses crocs dans la peau devant tout le monde. Ces temps-ci, chaque fois qu'ils étaient seuls, cela restait suspendu entre eux, cette attente de sa part à lui, et Theodora avait la nostalgie du temps de leur amitié insouciante. Sa compagnie la détendait.

– Pourquoi tu bois tant quand tu es avec moi ? lui demanda-t-elle en s'efforçant de garder un ton léger.

– Tu me vexes, là. Tu me prends pour un ivrogne ?

– Un peu.

– Je ne sais pas. (Il regarda au plafond au lieu de la regarder en face.) Dis donc, tu me fais peur parfois.

Theodora eut envie de rire.

– Je te fais peur ?

– Mais oui, quand tu te la joues superwoman vampire. Tu aurais vraiment pu lui faire du mal, tu sais.

Oliver sourit largement, même si Theodora le savait plus troublé qu'il ne le laissait paraître.

– Il va bien, fit-elle sèchement.

Elle n'avait pas vraiment envie de s'attarder sur ce qui aurait pu se passer là-bas. Elle avait serré Dylan dans son poing. Elle avait senti son esprit s'incliner devant le sien. Elle avait entendu tous ses souvenirs hurler pour qu'on les libère. Et elle avait eu envie par-dessus tout de les broyer entièrement, de réduire leurs voix au silence. Elle aurait eu le pouvoir de le faire. Comme c'était une pensée dégrisante, elle reprit une gorgée de sa boisson.

– Non, il ne va pas bien, dit Oliver. Tu es consciente qu'il faut en parler à Lawrence, n'est-ce pas ? Il va falloir qu'il fasse quelque chose. Il présente tous les symptômes classiques de la corruption. Délire, hystérie, folie.

Un serveur débarrassa leur table et leur jeta un regard significatif. Theodora savait qu'ils devaient partir, les employés attendaient pour rentrer chez eux. Mais elle avait envie de s'attarder juste encore un peu avec Oliver.

– Comment tu sais tout ça ?

– J'ai beaucoup lu. Tu te rappelles, tout ce que Lawrence nous a dit de consulter ?

Ah oui. Theodora se sentit coupable. Elle avait pris du retard dans ses leçons de vampirisme. Lawrence s'était servi d'Oliver pour la pousser à rester à jour dans ses études. Elle aurait dû se concentrer sur l'accroissement de ses forces, sur l'affûtage de ses talents, mais elle avait été distraite. L'appartement de Perry Street...

– Tu crois que Dylan nous a menti tout à l'heure ? demanda-t-elle.

– Non, à mon avis, il croyait nous dire la vérité, pour ce qu'il en savait. Mais on voit bien qu'il s'est fait manipuler. (Oliver croqua un glaçon.) Je ne suis même pas sûr qu'il leur ait jamais échappé. Je pense qu'ils l'ont laissé s'enfuir.

Theodora garda le silence. Ils l'avaient laissé partir pour qu'il puisse terminer le travail qu'il n'avait pas mené à bien. Dylan l'avait attaquée – deux fois – avant de disparaître soudainement. Il avait été choisi parce qu'il était proche d'eux, qu'il était l'un de leurs meilleurs amis. Elle ne pouvait pas le nier : quelqu'un voulait sa mort. Elle fut tentée de partager cette révélation avec Oliver, mais la garda pour elle. Il s'inquiétait déjà assez comme ça.

Oliver jeta un œil à l'addition et sortit sa carte de crédit.

– Et sinon, comment ça se passe sur l'Étoile de la mort ?

– Toujours pareil.

Theodora sourit, même si elle avait la nausée. C'était dur de voir Oliver sans se détester pour ce qu'elle lui faisait.

– Alors...

Oliver soupira. Theodora savait où il voulait en venir et regretta, une fois de plus, de l'avoir choisi comme familier.

– Alors ?

La serveuse revint avec le reçu de carte de crédit et leur laissa entendre que s'ils s'attardaient encore ils allaient devoir sortir par la porte de service.

Oliver empocha sa carte et tenta de reprendre une gorgée de son verre déjà vide.

– J'étais en route pour aller te rejoindre au *Mercer* quand Bliss m'a appelé. Elle m'a dit que tu étais là-bas, sur Perry Street. J'ai trouvé ça un peu bizarre, vu qu'on avait prévu de se retrouver au *Mercer* comme d'habitude, mais elle était certaine que tu étais là-bas. Qu'est-ce que tu faisais dans cet immeuble ?

Theodora se refusait à le regarder dans les yeux.

– Des histoires de mannequins. Linda Farnsworth a un appart où on peut débouler quand on veut. Bliss et moi, on y va de temps en temps pour voir deux ou trois autres filles. Je n'avais pas vu l'heure. Je suis désolée de t'avoir fait attendre.

– Bon, euh... comme on n'a pas pu se retrouver comme prévu, veux-tu...

Ce fut plus facile de le repousser cette fois, vu que sa décision était déjà prise à l'avance. Theodora secoua la tête.

– Non, il faut que je rentre à l'heure. Je suis déjà en retard, d'ailleurs, et si Charles découvre...

– On s'en fout, de Charles, fit Oliver en donnant une pichenette à un cure-dent qui tomba par terre. Bon Dieu, parfois j'en ai vraiment ma claque de ces conneries.

– Ollie...

– Tout ce que je veux, c'est qu'on soit ensemble, dit-il en regardant de nouveau au plafond. Enfin, je sais que ce n'est pas possible. Mais pourquoi ? Pourquoi faut-il qu'on suive les anciennes lois ? Et en quoi ça regarde les autres, d'abord ? s'échauffa-t-il. Tu ne veux pas qu'on soit ensemble, toi ? la défia-t-il d'une voix légèrement agressive.

Theodora eut l'impulsion de lui prendre la main.

– Mais si, Ollie, tu le sais bien.

Il était son allié, son complice, sa conscience et son réconfort.

Les traits d'Oliver se transformèrent pour arborer une expression de bonheur et de satisfaction extrêmes. Il lui sourit alors, et Theodora souhaita de tout son cœur qu'il n'apprenne jamais la vérité.

DOUZE

Il était tard lorsque Mimi et Jack sortirent enfin du *Per Se* d'un pas mal assuré. L'addition de leur dîner comptait quatre chiffres, ce qui n'avait d'ailleurs pas étonné Mimi. Elle était tellement habituée à payer un prix exorbitant pour tout dans sa vie qu'elle râlait parfois en découvrant qu'une chose était moins chère que prévu.

– Qu'est-ce qu'ils s'imaginent, que je suis pauvre ? dit-elle en reniflant. Que je n'ai pas les moyens de me payer de l'eau minérale Fiji ?

Jack la réprimanda pour son extravagance.

– C'est l'erreur des nouveaux riches, tu sais : croire qu'avoir beaucoup d'argent, c'est la même chose qu'avoir une infinité d'argent.

Mimi le fixa d'un regard incrédule.

– Tu viens de me traiter de nouveau riche ?

Jack eut un jappement de rire bruyant en entrant dans l'ascenseur.

– Il faut croire.

– Salopard ! fit Mimi en feignant d'être terriblement offensée. Notre argent est si ancien qu'il pourrait faire valoir ses droits à la retraite. La banqueroute est inenvisageable. On est blindés.

– Je l'espère. Tu ne m'as pas dit que Lawrence avait signalé un énorme plongeon de notre épargne ? Et j'ai écouté les derniers cours de la Bourse. Le groupe Force est en baisse de plusieurs points. Ce ne sont pas des bonnes nouvelles.

Elle simula un énorme bâillement.

– Ne m'ennuie pas avec les détails. Je ne suis pas inquiète.

Ils sortirent dans la nuit. De l'autre côté de la rue, des chevaux attelés à d'élégantes calèches attendaient les touristes. Il faisait froid : c'était le dernier assaut de l'hiver. Des vestiges des plus récentes tempêtes de neige s'attardaient sous forme de glace jaunâtre et craquelée sur le couvercle des poubelles et au long des rues.

Jack leva la main et une Bentley noire aux lignes pures, grosse comme un corbillard, se gara le long du trottoir.

– On rentre ? demanda Mimi en se glissant sur la banquette.

Jack se pencha en avant, le bras posé sur la portière.

– Je te retrouve à la maison un peu plus tard. J'ai donné rendez-vous à Bryce et à Jaime au club.

– Ah.

Il lui effleura la joue.

– Ne m'attends pas pour te coucher, d'accord ?

Puis il ferma la portière et tapa vivement au carreau.

– Ramenez-la chez nous, Sully.

Mimi lui fit un signe de la main à travers le verre fumé, et sa bonne humeur s'évapora tandis qu'elle le regardait traverser la rue pour attraper un taxi en direction du centre.

– Chez vous, Miss Force ? demanda Sully en se retournant.

Elle était sur le point d'acquiescer. Elle était fatiguée. La maison, c'était tentant. Bien qu'elle soit un peu piquée au vif de devoir rentrer toute seule. Elle joua avec l'idée de le suivre, mais Jack lui était si dévoué ces derniers temps... Il n'y avait rien à soupçonner... Il retrouvait toujours Bryce Cutting et Jaime Kip au club... de vrais gamins. Et d'ailleurs, elle l'avait surveillé d'un regard d'aigle les semaines passées, depuis Venise, et s'était sentie toute bête car elle n'avait rien trouvé. De quoi s'inquiétait-elle tant ?

Mais il fallait bien qu'elle soit honnête avec elle-même. Elle s'inquiétait.

– Pas encore, Sully. Voyons où il va.

Le chauffeur hocha la tête. Ce n'était pas la première fois qu'il entendait cette requête.

– Faites attention à ce qu'il ne nous voie pas.

La voiture fila le taxi en direction du sud par la West Side Highway. Le *Block 122* avait fermé, et le nouveau club en vogue du moment, le *Dante*, était un peu plus loin vers le centre, dans West Village, au sous-sol de l'un des nouveaux buildings de verre qui s'élevaient juste à côté de la voie rapide. Mimi revoyait Jack lui expliquer que la famille y avait acheté un appartement, pour faire un investissement. En ce moment, il était paraît-il loué à quelque célébrité.

Le taxi se gara devant l'entrée, qui consistait en un cordon de velours accroché entre deux rampes d'escaliers de secours, gardée par un homme de grande taille en long manteau noir. Le *Dante* était un lieu plus petit, moins tapageur que le *Block 122*, mais encore plus exclusif. Jack descendit de voiture et disparut à l'intérieur.

Mimi se renversa joyeusement en arrière.

– Bien, partons.

Elle observa une limousine blanche qui démarrait devant eux. Seigneur, les gens avaient si mauvais goût ! Et Jack qui la traitait de nouveau riche !

Elle essayait de voir si elle reconnaissait ceux qui chahutaient dans la limo – celui-ci était forcément un acteur célèbre, avec son petit chapeau débile – lorsqu'elle aperçut autre chose : quelqu'un sortait de l'ombre et se glissait entre les portes d'entrée de l'immeuble. Une silhouette en imper gris métallisé, avec des cheveux noirs.

Non.

Ce n'était pas possible.

Ça ne pouvait pas être Theodora Van Alen. À moins que si ? Bien sûr que c'était elle.

Mimi sentit son cœur se contracter. La coïncidence était trop grande. Jack était dans le club situé au sous-sol de l'immeuble où Theodora venait d'entrer.

Ce n'était pas possible. Elle réfléchit à toute vitesse ; avait-elle raté quelque chose ? Mais il s'était montré si indifférent, si froid avec Theodora ! Il ne pouvait pas être encore amoureux d'elle, quand même ?

C'était peut-être comme dans *Hamlet* : « Ce monsieur fait trop de serments, il me semble. »

Mimi n'avait jamais été une grande fan de Shakespeare, même de son vivant, mais elle se rappelait les citations importantes. Elle était bien en plein « hiver du mécontentement ».

Elle savait, sans avoir besoin de se le faire confirmer, que quelle que soit la façade que Jack présentait au monde, quels que soient les mensonges qu'il lui débitait, il y avait un lieu secret dans son cœur qu'elle ne pouvait ni lire ni sonder. Un lieu secret entièrement consacré à une autre. Un lieu secret habité par Theodora Van Alen.

Curieusement, Mimi ne se sentait pas trahie, ni détruite, ni dévastée. Elle ne ressentait qu'une lourde tristesse. Elle avait tant essayé de l'aider... Elle avait tout fait pour qu'il lui reste fidèle.

Comment pouvait-il agir sans crainte des représailles ? Il connaissait la loi aussi bien qu'elle. Il savait ce qui était en jeu. Il savait ce qu'il avait à perdre.

Oh, Jack. Ne m'oblige pas à te faire du mal. Ne nous force pas à nous brouiller ainsi. Ne m'oblige pas à te traquer.

Treize

– J'ai cru que tu avais oublié.

Theodora sourit en retirant son imperméable et en l'accrochant au portemanteau. Elle venait d'entrer dans l'appartement avec sa clé. Une clé qu'elle portait au cou, attachée à un ruban de soie. Elle ne l'enlevait jamais, de peur de se la faire voler. Elle avait pénétré dans l'immeuble normalement ; avait échangé quelques mots de politesse avec le gardien ; était montée en ascenseur, en échangeant des civilités avec les voisins ; avait roucoulé devant leur bébé emmitouflé dans une poussette doublée de flanelle à mille dollars. Avait fait semblant d'être comme eux. Les numéros de vampire, c'était fini pour ce soir.

– Ça fait longtemps que tu attends ? lui demanda-t-elle.

– Je viens d'arriver.

Il était adossé à une colonne, les bras croisés. Il portait toujours la même chemise blanche que le matin, un peu froissée après une journée, et avait dénoué sa cravate en la laissant pendre des deux côtés. Mais il était toujours doré et sublime. Ses yeux vert d'eau dansaient de plaisir et de désir. Jack Force.

Le garçon qu'elle avait attendu de voir toute la soirée. Le garçon qu'elle avait attendu toute sa vie.

Elle eut envie de courir à lui, de sauter en riant dans ses bras, mais elle savoura sa manière de la regarder. Elle aurait pu se noyer dans l'intensité de son regard. Et elle avait fait quelques progrès en séduction depuis ces quelques semaines où ils se voyaient.

Elle avait appris que c'était meilleur quand elle le faisait attendre.

Elle prit donc son temps, retira ses chaussures, frotta ses pieds nus contre le tapis, et se laissa contempler.

En dehors de cet endroit, ils ne pouvaient rien être l'un pour l'autre. Il ne s'autorisait même pas à la regarder. Il ne pouvait pas se le permettre. Alors elle voulait qu'il prenne tout le plaisir possible, qu'il la contemple autant qu'il le voulait.

– Viens par ici, gronda-t-il.

Et là, enfin, elle courut, bondit dans ses bras, et tous deux heurtèrent le mur dans une étreinte serrée. Il la souleva avec une aisance gracieuse, couvrant son corps de baisers.

Elle resserra les jambes autour de son torse et se baissa, lui effleurant les joues avec les vrilles de ses cheveux.

Jack.

Elle se liquéfiait dans ses bras. Blottie contre lui, elle sentait son cœur battre sauvagement, au même rythme que le sien. Lorsqu'ils s'embrassaient, elle fermait les yeux et voyait éclater un million de couleurs, splendides et pleines de vie. Il avait une senteur terreuse et luxuriante, chaude et brutale. Cela l'avait surprise : elle se serait attendue à ce qu'il sente la glace, à ce qu'il ne sente rien, et elle appréciait qu'il ait une odeur crue et réelle. Il n'était pas un rêve.

Elle savait que ce qu'ils faisaient était mal. Lawrence l'avait avertie que les liens vampiriques ne devaient pas être brisés. Jack était destiné à une autre. Elle s'était promis d'arrêter, mais elle avait aussi promis à Jack d'être toujours là pour lui. Ils étaient si heureux ensemble ! Ils étaient faits l'un pour l'autre. Et pourtant ils ne parlaient jamais du passé ni de l'avenir. Il n'existait que ceci, cette petite bulle qu'ils avaient fabriquée, ce petit secret. Et personne ne savait depuis combien de temps.

Lorsqu'elle était dans ses bras, elle plaignait Mimi.

Cela avait commencé juste après son installation dans ce palais d'or et de marbre que les Force appelaient « chez nous ». L'endroit tenait de la forteresse et du château de Versailles. Il y avait des chambres et des vestibules remplis d'antiquités superbes, luisantes et éclairées comme sur une scène de théâtre. Des océans d'étoffes précieuses drapaient les fenêtres, et un personnel silencieux se déplaçait dans la maison, époussetait, nettoyait, présentait à ses occupants du thé ou du café sur des plateaux de service en argent.

Assise sur le lit de princesse de la chambre qui lui avait été attribuée, elle donnait des coups de pied dans sa malle usée, dernier vestige de chez elle qu'elle se soit autorisée à apporter. Lawrence lui avait promis de la sortir de là coûte que coûte, promis qu'elle retrouverait bientôt son domicile légitime. Comme il savait que Charles ne le laisserait pas entrer en contact avec elle, ils s'étaient mis d'accord pour utiliser Oliver comme... intermédiaire – à ce mot elle avait eu un petit sourire – entre eux. Même si Theodora n'avait pas non plus le droit de fréquenter Oliver, ils avaient au moins la possibilité de se croiser à Duchesne.

93

Lawrence l'avait conduite lui-même à l'hôtel particulier des Force. Il l'avait aidée à porter ses bagages jusqu'à la porte d'entrée, où un maître d'hôtel en gants blancs avait pris le relais. Trop vite, son grand-père était parti, et Theodora s'était encore retrouvée toute seule.

Charles lui avait rapidement fait visiter la maison : l'étincelante piscine olympique au sous-sol, les courts de tennis sur le toit, la salle de gym, le sauna, la salle du Picasso (ainsi nommée car elle abritait, sur tout un mur, l'une des deux études en noir et blanc pour le chef-d'œuvre *Les Demoiselles d'Avignon*). Il lui avait dit de se mettre à l'aise, et de se servir à sa guise dans la cuisine. Puis il avait énoncé ses règles. Theodora était trop furieuse et contrariée pour faire autre chose qu'acquiescer bêtement à tout.

Et donc, elle avait décidé de donner des coups de pied dans sa malle. Malle débile. Malle débile à la serrure cassée. Malle débile et moche qui était l'une des rares choses, parmi ses affaires, à avoir appartenu à sa mère. C'était une vieille malle de voyage Louis Vuitton, de celles qui, une fois posées debout et ouvertes, révèlent une mini-penderie. Elle y donna encore des coups de pied.

– Tu crois que tu pourrais... hum... baisser un peu le ton ? vint lui demander Jack d'un air étonné. J'essaie de lire.

– Oh ! Pardon.

Elle cessa de taper dans la malle. Elle s'était demandé quand elle verrait ses « cousins ». Les liens compliqués des familles de vampires lui échappaient encore, mais elle savait que Jack et elle n'étaient pas à proprement parler consanguins, même si Charles était son oncle. Un jour, il faudrait qu'elle demande à Lawrence comment tout cela s'agençait.

– Qu'est-ce que tu lis ?

– Camus, dit-il en lui montrant un exemplaire de *L'Étranger*. Tu l'as lu ?

– Non, mais j'aime bien la chanson de Cure. Tu sais, celle qui est inspirée de ce livre.

Il secoua la tête.

– Je ne vois pas.

– Je crois qu'elle est dans *Three Imaginary Boys*. Leur premier album. Robert Smith est un grand lecteur, lui aussi. Sans doute existentialiste comme toi, le taquina-t-elle.

Jack s'adossa au mur et croisa les bras en la considérant d'un air pensif.

– Tu détestes, ici, n'est-ce pas ?

– Ça se voit tant que ça ? demanda Theodora en tirant les longues manches de son pull sur ses mains.

Il eut un petit rire.

– Je suis désolée.

– Tu es désolée.

Il posa le livre sur une coiffeuse.

– Ce n'est pas si terrible.

– Ah bon ? Qu'est-ce qu'il y a de bien ?

– Eh bien, déjà, je suis là, dit-il en venant s'asseoir à côté d'elle sur le lit.

Il ramassa une balle de tennis qui avait roulé de sa malle. Elle l'avait apportée pour s'exercer à ses leçons de vampirisme. Lawrence voulait qu'elle se concentre sur la capacité à déplacer des objets en l'air, qu'elle ne maîtrisait pas encore. Jack la lança et la rattrapa habilement. Puis il la reposa.

– À moins, tu sais, que tu aies envie que je m'en aille.

Il était assis si près d'elle... Elle se rappela comme elle avait

95

couru à lui le premier soir où elle avait été attaquée, comme il s'était passionné pour la découverte de la vérité sur Croatan, et comme il l'avait profondément déçue en la mettant sur la touche ensuite. Puis elle se rappela autre chose. Une chose à laquelle elle ne cessait de penser depuis qu'elle avait aspiré le sang de Mimi et absorbé ses souvenirs.

– C'était toi... ce soir-là, au bal masqué... c'était toi qui... chuchota Theodora, et en guise de réponse il l'embrassa.

Ce baiser était le troisième qu'ils échangeaient (elle avait compté), et tandis qu'il lui transmettait son souffle et prenait son visage entre ses grandes mains, tout ce qu'elle avait vécu jusqu'alors lui parut secondaire et ordinaire.

Rien ne valait la peine d'être vécu en dehors de cette sensation pure, céleste. La première fois qu'ils s'étaient embrassés, elle avait entraperçu dans les souvenirs de Jack une fille qui lui ressemblait mais qui n'était pas elle. La deuxième fois, elle ne savait pas du tout qui était derrière le masque. Mais cette fois, il n'y avait plus qu'eux deux. Jack n'embrassait pas une personne qu'il croyait avoir connue autrefois, et Theodora n'embrassait pas une personne qu'elle ne connaissait pas. Ils s'embrassaient l'un l'autre, et c'était tout.

– Jaaaack ! Jaaaack !

– Mimi, dit Jack.

Il disparut si vite que ce fut comme s'il était devenu invisible.

Quand Mimi passa la tête dans la chambre de Theodora, celle-ci était assise toute seule et tapait de nouveau dans sa malle.

– Ah. C'est toi. Tu n'as pas vu Jack ?

Theodora secoua la tête.

– Au fait, ne prends pas trop tes aises. Je ne vois absolument pas pourquoi père veut d'une petite peste comme toi ici, mais je vais te donner un bon conseil : évite-moi.

Plus tard ce soir-là, Theodora reçut deux cadeaux de bienvenue différents : quelqu'un avait fait son lit en portefeuille, et un livre avait été glissé derrière sa porte. Un exemplaire de *La Peste* d'Albert Camus. Dans le livre il y avait une enveloppe, et dans l'enveloppe, une clé.

Depuis, Jack n'avait plus jamais semblé remarquer sa présence à la maison ni au lycée. Mais il s'était largement rattrapé par ailleurs.

– Ça vient d'où, ça ? demanda Jack en suivant d'un doigt léger une coupure qu'elle avait au front.

Couchés sur l'épais tapis à longues mèches, ils contemplaient les derniers rougeoiements du feu.

– Oh, ce n'est rien. Je me suis cogné la tête.

Elle ne voulait pas lui parler de Dylan là, tout de suite.

– Tu as été suivi ? lui demanda-t-elle.

– Oui. Mais j'ai attendu d'être sûr qu'elle soit partie avant de venir ici.

Sa voix était ensommeillée, et elle se nicha dans le creux de son bras. Seuls les lampadaires de la rue éclairaient la pièce plongée dans la pénombre, mais elle le voyait clairement dans le noir. Son profil parfait, comme sculpté dans le marbre, luisait comme une chandelle.

– Et toi ?

– Non.

En réalité, elle n'avait pas vérifié. Elle avait été trop occupée à persuader Oliver de partir. Trop occupée et trop impatiente.

Parce qu'elle le savait, n'est-ce pas ? Elle savait que Jack serait là, à l'attendre, comme elle-même l'avait attendu plus tôt.

Mais la prochaine fois, oui, elle serait plus prudente. Ils devraient l'être tous les deux.

QUATORZE

Bliss arriva en retard à l'Arsenal de Lexington. Le défilé Rolf Morgan était prévu pour vingt et une heures et elle aurait dû y être à dix-huit heures pour se faire coiffer et maquiller, mais il était déjà vingt heures trente. Elle espérait que le styliste n'allait pas la tuer, même s'il l'avait sans doute déjà rayée des listes et si elle s'attendait à découvrir, en arrivant, un autre mannequin vêtu de la robe corsetée en dentelle noire qu'elle devait porter ce soir-là.

Elle ne faisait pas exprès d'être en retard, mais sa dernière vision l'avait désorientée. Elle était en train de se brosser les dents, et lorsqu'elle avait relevé la tête, l'homme élégant en complet blanc qui apparaissait dans ses rêves la regardait dans la glace.

– Oh, mon Dieu !

– Pas vraiment, non.

L'homme s'était esclaffé comme si c'était la chose la plus drôle qu'il eût jamais entendue. Ses cheveux, Bliss s'en rendit compte alors, avaient la couleur exacte de l'or fondu. Ses yeux étaient bleus comme un ciel matinal limpide. Un parfum de lis printanier flottait dans la chambre, mais c'était un relent

99

écœurant qui masquait quelque chose de pourri. Un peu comme ce que sentait sa belle-mère, BobiAnne, lorsqu'elle se parfumait abondamment en sortant de la salle de gym au lieu de prendre une douche.

Bliss avait décidé d'être courageuse.

– Qui êtes-vous ?

– Je suis toi.

– Je deviens folle, n'est-ce pas ? Pourquoi êtes-vous là ? (Bliss avait fermé le robinet en s'efforçant de calmer sa respiration.) Que voulez-vous ?

L'homme doré en complet blanc avait plongé la main dans la poche de sa veste pour en sortir une montre à l'ancienne accrochée à une chaîne en or.

– Du temps.

Lorsque Bliss avait de nouveau regardé dans la glace, il avait disparu. Elle avait passé l'heure suivante à observer fixement le miroir, attendant qu'il réapparaisse. Ce n'était que quand elle avait enfin réussi à s'en arracher qu'elle s'était aperçue de son retard.

Mais lorsqu'elle avait consulté son portable, il n'y avait pas de messages furieux de son *model booker*, pas de harangues frénétiques sur la crise que piquait le styliste parce qu'elle n'était pas là. Elle fut doublement troublée en trouvant l'entrée du défilé complètement déserte, à part quelques victimes de la mode à l'air malheureux, dans le noir, retenues derrière les barrières de la police. C'était ça, la Fashion Week ?

Où était le carnaval délirant des journalistes et des photographes, des célébrités et des stylistes, des élégants et des élégamment négligés, agglutinés, se bousculant, se poussant et se piétinant pour entrer au défilé Rolf Morgan ? Le défilé de Rolf était le plus grand événement de la saison et l'invitation la plus difficile à décrocher. Et pourtant voilà, à une demi-heure du début du spectacle, il n'y avait pratiquement pas un chat.

Elle trouva un sous-fifre esseulé, un assistant de production vêtu d'un tee-shirt noir marqué ROLF MORGAN sur le torse, et lui demanda de lui indiquer les coulisses.

L'Arsenal abritait le 69e régiment de la Garde nationale, et plusieurs soldats en uniforme de gala la saluèrent lorsqu'elle entra. L'édifice était caverneux, et le long des murs, des centaines d'armes à feu et de munitions étaient enfermées dans des vitrines. Suivant les indications, elle traversa un grand atrium, un espace aussi vaste qu'un hangar à avions, installé pour un défilé de mode. Des gradins alignés montaient vers le plafond, et une scène avait été installée à une extrémité, sur laquelle un groupe se préparait.

Lors des répétitions, Rolf avait expliqué que les mannequins arpenteraient un podium géant suspendu au-dessus de la scène, et Bliss s'était sentie impatiente de relever ce défi.

Elle pénétra dans les coulisses de fortune et découvrit, interloquée, qu'au lieu de la frénésie habituelle de la préparation, vibrante d'adrénaline, de peur et d'excitation, l'ambiance était totalement décontractée. Elle trouva Theodora occupée à lire un magazine dans un fauteuil, les cheveux tirés en queue-de-cheval très haute, le visage déjà préparé pour le podium, des traînées de khôl noir soulignant ses yeux bleus, les lèvres d'un or pâle et rosé.

Elle fut heureuse de voir son amie ; elles n'avaient pas encore discuté de ce qui s'était passé l'autre soir. Toutes les deux avaient évité le sujet, presque comme si elles étaient gênées. Elle n'avait pas revu Dylan depuis, bien qu'il lui ait

101

laissé quantité de messages téléphoniques pour lui demander pardon et la supplier de venir le voir. Elle les avait tous effacés.

Quant à Theodora, depuis ce soir-là, elle avait flotté dans Duchesne comme sur un nuage. Bliss savait qu'elle voyait Jack, et ne pouvait s'empêcher d'envier le nouveau bonheur de son amie. Bien sûr, c'était nul de ne pas pouvoir se montrer ensemble en public, à cause de Mimi et tout ça. Et d'accord, ça craignait totalement que Jack soit globalement promis à quelqu'un d'autre. Mais tout de même, Bliss voyait bien que Theodora était amoureuse et que son amour était partagé. Elle ne pouvait pas en dire autant de Dylan et elle !

– Où sont-ils tous ? demanda Bliss. Il n'y a même pas de monde dehors.

– Tiens, salut, dit Theodora en posant le dernier *Vogue* français. Ouais, c'est fermé. Le défilé ne commencera pas avant minuit, et encore, si on a de la chance. Ils ont dit à tout le monde de partir et de revenir plus tard.

Bliss se laissa tomber dans un siège.

– Tu plaisantes ?

– C'est la première fois que tu défiles pour Rolf ? demanda un autre mannequin qui avait entendu leur conversation.

Bliss reconnut en elle Sabrina Sorboba, la géante d'Europe de l'Est, la chouchoute actuelle du styliste. Elle fit oui de la tête.

– Il est toujours en retard. L'année dernière, Brannon Frost a carrément quitté le défilé sans le voir, tellement elle était furieuse de devoir attendre, leur raconta Sabrina.

Brannon Frost était la rédactrice en chef sang-bleu de *Chic*, le magazine de mode le plus puissant au monde. Elle n'avait qu'à claquer des doigts pour que soudain toutes les garde-robes

soient démodées. Clac ! Volume et chignons crêpés. Clac ! Taille
de guêpe et pantalons moulants. Clac ! Jupes crayon et escarpins
à bout rond ! Clac ! Crochet et plate-formes ! Clac !

– Minuit ? Mais c'est dans trois heures ! protesta Bliss.

Qu'étaient-elles censées faire, poireauter ? Elle remarqua
que certains mannequins jouaient aux cartes, mais la plupart
s'occupaient avec leur portable ou leur BlackBerry.

– Champagne ? proposa Sabrina en levant un magnum de
laurent-perrier et en versant deux flûtes pour Bliss et Theodora sans attendre de réponse.

C'était ça, la solution à l'attente : boire, fumer et se mor-
fondre. Concession au dernier scandale sur le thème « les mannequins sont trop maigres », un étalage de crackers éventés et
de fromage rance prétendait apporter aux filles une nourriture « saine ». Mais bien sûr ! Les mannequins ne vivaient que
de vapeurs : fumée et air.

– Enfin bref, vu ce qui s'est passé l'an dernier, cette fois ils
ont appelé toutes les rédactrices de *Chic*, *Moi* et *Jeune*, et ils leur
ont dit d'aller boire un coup ou de dîner et de revenir plus
tard.

Bliss hocha la tête.

– Alors qui sont ces gens, dehors ?

– Des rien-du-tout.

Pigé. Bien sûr, tous les gens importants avaient été avertis,
mais quant aux échelons inférieurs, qu'ils se débrouillent tout
seuls. Elle rangea son sac sous le comptoir et allait poser une
question à Theodora lorsqu'un homme à l'air soucieux – enfin
quelqu'un qui se comportait comme s'ils avaient un défilé dans
quelques heures ! – surgit dans la salle d'attente des mannequins.

– Bliss ! Te voilà. On a besoin de toi au coiffage et au
maquillage.

Bliss feuilleta le dernier catalogue *Arena Homme*, fuma quelques cigarettes et but trop de champagne avec un coiffeur très sec dont l'assistant, tout aussi tendu, lui ébouriffa et lui brossa les cheveux de manière à en faire une gigantesque construction flottante, tandis qu'une maquilleuse décontractée la tartinait d'enduit. Elle s'étonnait toujours du peu d'efforts que demandait le manne-quinat. Elle n'avait rien d'autre à faire que de rester assise. Puis elle devrait se lever. Et marcher. C'était tout. Bien sûr, il fallait être d'une beauté à couper le souffle pour que le tout « fonctionne ». Et encore, il ne suffisait pas d'être renversante. Les meilleurs mannequins avaient un air de langueur et de mystère inné. Tout le monde n'était pas Kate Moss, après tout.

Une fois l'équipe beauté satisfaite de son travail, Bliss fut abordée par deux étudiantes en stylisme zélées, membres de la vaste armée de volontaires qui rendaient possible la Fashion Week.

– Il faut qu'on te fasse enfiler la première tenue. Rolf veut te voir dedans.

Les deux filles aidèrent Bliss à entrer dans l'étroite robe noire corsetée. L'une d'elles tira et noua les rubans dans le dos tandis que l'autre lui enfilait une paire de *low boots* lacées devant. La robe épousait chacune de ses courbes, et la dentelle ajourée apportait une touche sexy et sulfureuse. Le bustier corset était tellement décolleté devant que Bliss rougit en pensant à toute la peau qu'elle exposait.

– C'est quoi, ça ? demanda l'une des étudiantes en désignant l'émeraude brillante nichée dans son giron.

– C'est à moi.

– Je ne sais pas si Rolf va apprécier, dit l'autre d'un ton hésitant.

Bliss haussa les épaules. Elle se fichait bien de ce que voulait Rolf. Elle ne l'enlèverait jamais.

QUINZE

À minuit moins cinq précisément, Mimi et Jack Force entrèrent à l'Arsenal sous un torrent de flashes. Mimi s'appuyait sur l'épaule de Jack en serrant contre elle son moelleux manteau de zibeline zébrée, cachée derrière une gigantesque paire de lunettes noires comme si l'excès de photos risquait de l'abîmer.

– Du calme, aboya Jack à un paparazzo excité qui s'était un peu trop approché et bousculait Mimi.

– Mimi ! Par ici ! s'écria une jeune attachée de presse coiffée d'un casque audio, qui les fit prestement entrer dans la salle principale et traverser rapidement l'océan de *fashionistas* pour rejoindre le tout premier rang.

– Ça commence dans une minute. Vous êtes là, à côté de Brannon.

La salle bourdonnait d'impatience, tous les sièges étaient occupés, toutes les célébrités étaient là (Mimi était l'une des dernières arrivées), et même les allées débordaient de volontaires en tee-shirt noir sortis discrètement des coulisses pour assister à l'événement depuis la salle. Sur scène, le groupe attaqua un tube de rock tapageur.

105

Mimi fit la belle pour les appareils photo, retirant son manteau de fourrure d'un geste de l'épaule et arquant les mollets pour que ses jambes paraissent plus fines. Elle n'enviait absolument pas les mannequins ; ces filles n'étaient photographiées que pour les vêtements qu'elles portaient. Alors que la meute étourdissante qui l'entourait et criait son nom la mitraillait parce que c'était *elle* qui était intéressante.

– Tu aimes vraiment ça, la taquina Jack.

– Mmmmh.

Toute la semaine, elle avait si bien dissimulé sa rage qu'elle aurait mérité un Oscar. Mais elle ne supportait pas de regarder son jumeau. Le menteur, le traître. Il risquait tout pour un flirt avec la bâtarde, la demi-sang. Elle voyait clair à travers sa sollicitude et comprenait comme il l'avait roulée dans la farine pendant si longtemps. Ce salopard ne faisait que feindre de l'aimer tout en dissimulant ses véritables sentiments.

Le pire était qu'elle ne pouvait même pas le haïr. Elle l'aimait trop et comprenait trop bien ses faiblesses. Haïr Jack serait revenu à se haïr elle-même, et Mimi avait trop d'estime de soi pour s'enliser dans ce genre de marasme.

– Mimi ! Ma chérie !

Randy Morgan, l'épouse du styliste, leur tomba soudain dessus et l'embrassa avec effusion sur les deux joues.

– Il faut que tu viennes en coulisses souhaiter bonne chance à Rolf !

Mimi se laissa conduire vers l'échange traditionnel de courbettes avec le styliste. Ledit styliste, bien sûr, serait le seul à faire des courbettes. Mimi était l'une de ses plus grosses clientes.

Elle laissa Jack et se fraya un chemin à travers la foule. Rolf l'accueillit en la serrant dans ses bras et en la noyant sous les compliments. Elle accepta l'hommage et lui souhaita généreusement un bon défilé. Elle salua plusieurs autres sang-bleu qui fréquentaient les mêmes cercles qu'elle : Piper Crandall dans une robe jaune atroce, et Soos Kemble qui se plaignait d'être reléguée au deuxième rang. Mimi vit également quelques sang-rouge bêcheuses. Lucy Forbes s'extasia sur son nouvel ensemble Rolf Morgan, que le styliste lui avait fait envoyer par coursier le matin même pour qu'elle le porte à son défilé. Puis elle repéra l'objet de sa haine de l'autre côté de la salle.

Theodora était en train de laisser ses habilleuses s'affairer sur sa tenue : une blouse froncée et une redingote cintrée, une culotte de cheval en veloutine et de hautes bottes. Mimi se dit, en son for intérieur, qu'elle aurait bien acheté l'ensemble si ce n'était pas Theodora qui l'avait porté.

Sans hésiter, elle s'approcha d'elle à grands pas. Peut-être pouvait-elle encore étouffer cette affaire dans l'œuf ; peut-être y avait-il encore un espoir pour que le stupide petit flirt de Jack tourne court.

– Tu as une minute ? lui demanda-t-elle.

Theodora congédia ses « emballeuses », et toutes deux se déplacèrent vers un coin tranquille.

– Qu'est-ce qu'il y a ?

Mimi décida d'y aller franco.

– Je sais ce qu'il y a entre mon frère et toi.

– De quoi tu parles ?

Theodora s'efforçait de garder l'air calme, mais Mimi percevait son affolement. Elle avait raison. Bon sang de bonsoir, elle avait raison. La petite peste n'essayait même pas de nier. Ils étaient ensemble, tous les deux. Jusqu'où cela allait-il ? Le cœur de Mimi sombra. Elle s'était promis de ne jamais être jalouse de cette contrariante petite corniaude. Mais l'effronterie de cette dernière avait sur elle l'effet contraire.

Theodora n'avait pas l'air contrit, ni faible, ni gêné. Disparue, la demi-sang pleurnicharde qui sautait au plafond quand on lui faisait « bouh ! ». Envolée, la fille qui craquait sans retour sur Jack Force le magnifique. Mimi vit Theodora très clairement. Elle avait l'air d'une fille qui a confiance en son amour. Une fille qui sait qu'elle tient le cœur de l'autre entre ses mains. L'espace d'un instant, Mimi regretta violemment que le sang-d'argent ne l'ait pas traînée, face contre le sol, jusqu'en enfer.

– Tu as la moindre idée de ce que tu es en train de faire à Jack ?

– Comment ça ?

Mimi serra fermement le haut du bras de Theodora.

– Pense à ta mère. Pourquoi Allegra est-elle dans le coma, à ton avis ? Pourquoi est-elle comme morte alors qu'elle est immortelle ? Elle ne vaut plus rien, elle est détruite. C'est ce que tu veux pour lui ?

– Ne mets pas ma mère sur le tapis, l'avertit Theodora en se dégageant d'un mouvement du bras. Tu ne sais rien sur elle.

– Oh que si. Je suis en vie depuis bien plus longtemps que toi.

L'expression de Mimi changea, et pendant un instant Theodora aperçut successivement toutes les femmes qu'elle avait été dans l'histoire : la reine d'Égypte, l'aristocrate française, la Pèlerine hardie, l'hôtesse de Newport... toutes belles à couper le souffle, toutes dotées des mêmes yeux verts et froids.

– Tu ne comprends rien au lien, chuchota Mimi tandis qu'autour d'elles le styliste et son équipe apportaient les ultimes retouches à tous les vêtements. Jack et moi, nous ne faisons qu'un. Me l'enlever, ce serait comme lui arracher la peau. Il a besoin de moi. S'il renouvelle le lien, il deviendra plus fort, ses souvenirs seront complets. Il s'épanouira.

– Et sinon ? la défia Theodora.

– Autant lui réserver tout de suite un lit dans cet hôpital où mon père se rend sans cesse. Ce n'est pas un petit jeu de cour d'école, pauvre idiote.

Il s'agit de la vie et de la mort. Des anges et des démons. Le lien fait loi. Nous sommes faits de la même matière noire, pensa Mimi sans le dire. Elle voyait que Theodora ne pourrait pas ou ne voudrait pas comprendre. Theodora était comme un nouveau-né. Elle n'avait aucune notion des rigueurs de l'immortalité. Des usages durs et absolus de leurs semblables.

– Je ne te crois pas.

– Je ne m'attendais pas à ce que tu me croies, dit Mimi, l'air épuisé. Mais si tu l'aimes vraiment, quitte-le, Theodora. Libère-le. Dis-lui que tu ne veux plus de lui. C'est le seul moyen pour qu'il abandonne.

Theodora secoua la tête. Autour d'elle, les mannequins se mettaient en rang et Rolf épinglait un ourlet ici, lissait un pli ailleurs. À l'extérieur, les lumières s'étaient éteintes, le défilé allait commencer. Elle laissa une de ses habilleuses couper un fil qui dépassait de la manche de sa redingote.

– Je ne peux pas faire ça. Je ne peux pas mentir.

Mimi prit une gorgée de la flûte à champagne de Theodora sans lui demander la permission.

– Alors Jack est perdu.

SEIZE

L'année précédente, pour présenter sa collection automne-hiver, Rolf Morgan avait fait défiler le public sur le podium tandis que les mannequins, assis au premier rang, faisaient semblant de prendre des notes. Cette astuce avait tant charmé les rédactrices de mode qu'il voulait absolument essayer une autre facétie. Cette année, le défilé se déroulerait à l'envers, en commençant par le salut du créateur et les grandes robes du soir et en finissant par le sportswear décontracté.

Tandis que le groupe jouait une reprise tonitruante de « Space Oddity », Rolf entra en courant sur la scène sous un tonnerre d'applaudissements. Il en revint un bouquet de roses dans les bras, avec un sourire rayonnant, tout gonflé d'énergie. Theodora regarda Cyrus, le responsable agité du défilé, amener Bliss tout en haut du rang. La robe corsetée en dentelle noire devait constituer le bouquet final, et donc, dans cette équation retournée, devenait l'ouverture. Theodora fit à Bliss un signe de la main pour l'encourager. Elle savait que son amie était encore légèrement intimidée par le podium, et

111

Bliss ressemblait à un poulain nerveux, les mains légèrement tremblantes, posées sur ses hanches.

Bliss revint quelques minutes plus tard avec un grand sourire de soulagement.

– C'est de la folie, là-dedans ! cria-t-elle à Theodora avant d'être entraînée à l'écart pour se changer en vue de son deuxième passage.

Theodora lui rendit son sourire en se disant qu'elle serait bien contente quand ce serait terminé, quand elle pourrait enfin renfiler ses vêtements : une certaine chemise Oxford d'homme qui était sa favorite du moment, par-dessus des leggings noirs et des bottes à gros talons trouvées dans une boutique d'occasions.

Les filles en robe de bal gothique étaient sorties du podium, et Cyrus lui fit signe de s'avancer. C'était son tour.

– N'oublie pas, quand tu arrives au bout, une pose, deux poses, BAM ! et tu reviens.

Theodora hocha la tête. Elle respira un grand coup et prit pied sur la scène. Marcher sur le podium, c'était comme marcher sur la lune. On quittait la réalité cradingue des coulisses, entourée de bavardages, d'épingles de sûreté et d'un fouillis épique de portants et de bacs à accessoires dévastés, pour les fortes lumières blanches de la scène et les flashes aveuglants de cent appareils photo.

L'atmosphère était électrique, c'était la bruyante cacophonie hystérique réservée aux meilleurs concerts rock : les huées et acclamations des derniers rangs donnaient au groupe l'énergie de jouer plus vite et plus fort, et encourageaient les mannequins à prendre leur attitude la plus hautaine. Theodora ne remarqua même pas les rédactrices en chef au visage sévère ni les célébrités maquillées comme des carrés d'as au premier rang : elle était trop absorbée par son effort pour mettre un pied devant l'autre sans se ridiculiser.

Elle trouva la marque au bout du podium et prit les poses requises, se tournant vers la gauche en avançant la hanche, puis vers la droite. Et juste au moment où elle allait faire volte-face pour repartir, son esprit s'ouvrit à une émission urgente, qui forçait son chemin. C'était une haine incohérente, sauvage. Son intensité inattendue suffit à arrêter Theodora dans sa marche, et elle vacilla sous son poids, trébuchant sur ses talons au point d'arracher aux spectateurs du premier rang un cri étranglé.

Theodora se sentait désorientée et brisée. Quelqu'un – ou quelque chose – avait violemment pénétré son esprit. Elle reconnut immédiatement une manipulation, mais plus forte et plus malfaisante que ce qu'elle avait connu avec Dylan. C'était une transgression impardonnable, elle se sentait violée, mise à nu et terrifiée. Il fallait qu'elle sorte de là.

Il n'était plus temps de faire une sortie convenable. Theodora bondit de la scène et atterrit au beau milieu de la fosse des photographes. Elle savait précisément où il fallait qu'elle se rende tout de suite.

– Pardon ! dit-elle à un paparazzo malchanceux à qui elle avait écrasé le pied.

Elle s'enfuit à travers la foule, pour la grande confusion du personnel et le ravissement de tous les autres, qui croyaient que cela faisait partie du show.

En coulisse, elle entendit :

– Hé là ! Où croit-elle aller ? Reviens ici !

Demain, il y aurait des papiers dans les tabloïds sur le mannequin qui s'était enfui du podium au défilé Rolf Morgan, mais pour le moment Theodora ne s'inquiétait pas des médias, ni de son *booker*, ni de Rolf.

Qu'est-ce que c'était ? se demandait-elle, et elle eut l'impression que son cœur allait exploser de peur tout en courant le long de la West Side Highway, plus vite qu'on ne pourrait jamais le faire en voiture, vu la circulation. *Qui était-ce ?* La sensation malsaine de souillure s'atténua légèrement dès l'instant où elle atteignit la vieille maison de grès brun de Riverside Drive. Elle n'avait plus l'air aussi décrépite qu'avant, grâce aux travaux récemment entrepris par Lawrence. Les marches de pierre avaient été grattées, les graffitis sur les portes avaient disparu sous une nouvelle couche de peinture, et les gargouilles avaient retrouvé leur ancienne dignité.

Lorsqu'elle entra dans le bureau de son grand-père, il était penché en avant et glissait un dossier plein de papiers dans un attaché-case en cuir. Il avait vieilli pendant ce mois de séparation, remarqua Theodora. Sa chevelure de lion était striée de gris, et il avait de nouvelles rides autour des yeux.

Lawrence était un non-mort, un de ces rares vampires qui ne se reposent pas, ne passent pas par le cycle traditionnel de la réincarnation. Il avait la même enveloppe physique depuis des siècles. Il était capable de paraître aussi jeune que Theodora, mais ce soir il semblait porter le poids d'un millier d'années. Il avait l'air, pour la première fois depuis qu'elle le connaissait, *ancien*. Il ne ressemblait pas à un homme du XXIe siècle. On aurait dit qu'il était déjà présent lorsque Moïse avait été déposé dans un panier et envoyé sur les eaux.

– Theodora, quelle bonne surprise, dit-il alors qu'il n'avait pas du tout l'air surpris de la voir.

– Où tu vas ? répondit-elle en voyant sa vieille valise remplie et sanglée, à côté du bureau.

– À Rio, dit-il. Il y a eu un énorme tremblement de terre, tu as vu les nouvelles ? répliqua Lawrence avec un geste vers la télévision installée depuis peu dans son bureau.

Les caméras montraient une ville en proie aux flammes, des immeubles entiers transformés en tas de gravats.

Theodora dit une prière rapide à la vue de ce désastre.

– Grand-père, il m'est arrivé quelque chose. Il y a à peine quelques minutes.

Elle lui décrivit la sensation, l'impression de se trouver en présence d'une incroyable malfaisance. Cela n'avait duré qu'un bref instant, mais qui avait suffi pour qu'elle se sente polluée par tous les pores de son être.

– Alors toi aussi tu l'as senti.

– Qu'est-ce que c'était ? demanda Theodora avec un frisson. C'était... repoussant, ajouta-t-elle, même si le mot était trop faible pour qualifier l'hostilité indéfinie qu'elle avait subie.

Lawrence lui fit signe de s'asseoir tout en continuant à consulter ses papiers.

– Au cours de tes lectures, as-tu déjà passé le chapitre sur le Corcovado ?

– Je sais que c'est à Rio... au Brésil, dit-elle d'un ton hésitant.

Elle n'avait pas beaucoup avancé dans les devoirs que lui avait donnés Lawrence. C'était idiot de sa part, mais elle considérait son grand-père comme partiellement responsable de son mode de vie, et par mauvaise humeur elle avait ignoré ses incitations à se cultiver en histoire des sang-bleu. Il l'avait pressée de lire des textes anciens, autrefois interdits : l'histoire du Croatan, mise à l'index jusqu'à aujourd'hui.

Si Lawrence était contrarié, il ne le montrait pas. Au contraire, il lui donna des explications patientes, en ancien professeur d'université qu'il était.

115

– Le Corcovado est un centre de pouvoir, une source d'énergie, un *bivium* primal duquel nous, les vampires, tirons notre force sur Terre. Notre immortalité dérive d'une connexion harmonique avec l'essence primordiale de la vie, c'est un don que nous avons conservé même après notre bannissement.

Sur l'écran de la télévision, la caméra montrait la célèbre statue du Christ rédempteur qui dominait la cité sur son piédestal au sommet du mont Corcovado. Theodora s'émerveilla qu'elle soit encore debout alors que dans toute la ville des immeubles étaient réduits en poussière.

– Le tremblement de terre. L'émission que j'ai ressentie. Tout cela est lié, n'est-ce pas ? C'est pour ça que tu vas là-bas ? demanda-t-elle en sachant qu'elle ne se trompait pas.

Son grand-père acquiesça mais refusa d'en dire plus.

– Il vaut mieux que tu ne saches pas exactement comment.

– Tu pars ce soir, si je comprends bien ?

Lawrence hocha la tête.

– Je vais d'abord retrouver l'équipe de Kingsley à Sao Paulo. Puis nous nous rendrons au Corcovado ensemble.

– Et le Conclave ?

– Ils sont inquiets, c'est bien compréhensible, mais il vaut mieux qu'ils ne soient pas au courant des détails de mon voyage. Tu connais mes doutes au sujet du Conclave, tu sais ce que Cordelia et moi avons toujours soupçonné.

– Qu'une des grandes familles nous avait trahis, dit Theodora en regardant son grand-père arranger méticuleusement sa cravate.

Lawrence s'habillait avec soin en toute occasion.

– Oui. Mais j'ignore comment. Et pourquoi. Bien sûr, nos doutes n'ont jamais été corroborés, et il est certain que nous n'avons jamais eu la preuve d'une telle trahison. Cependant, les dernières attaques confirment que d'une manière ou d'une autre, un ou plusieurs sang-d'argent ont survécu et qu'ils sont de retour pour nous tourmenter. Et que, peut-être, le prince des Ténèbres lui-même foule encore cette Terre.

Theodora frémit. Chaque fois que Lawrence parlait de Lucifer, elle avait l'impression que son sang se glaçait. Le mal était inscrit dans son nom même.

– À présent, Theodora, je dois te dire au revoir.

– Non ! Laisse-moi t'accompagner, s'exclama-t-elle en se levant de son siège.

Cette animosité sombre, terrible, haïssable. Quelle que soit sa nature, son grand-père ne pourrait pas l'affronter seul.

– Je suis navré. (Lawrence secoua la tête et glissa son portefeuille dans la poche de son manteau.) Tu dois rester ici. Tu es forte, Theodora, mais tu es très jeune. Et tu es encore sous ma responsabilité.

Il baissa les stores et enfila un vieil imperméable. Anderson, son Intermédiaire, apparut dans l'encadrement de la porte.

– Prêt, monsieur ?

Lawrence souleva ses valises.

– Ne fais pas cette tête, ma petite-fille. C'est uniquement pour ton bien que tu dois rester à New York. S'il y a une chose que je peux faire pour ta mère, c'est te protéger du mal, et te garder le plus loin possible du Corcovado.

ENREGISTREMENT ARCHIVES AUDIO
Sanctuaire de l'histoire
DOCUMENT CONFIDENTIEL
Autorisation exclusive Altitrônus
Transcription rapport du *Venator* classé 2/28

[Enregistrement assourdi. On entend deux voix distinctes : le Venator Martin et le Rex Charles Forster.]

Venator Martin : Elle a mordu à l'hameçon.

Charles Force : En êtes-vous parfaitement sûr ?

VM : Oui. Je ne doute pas un instant qu'elle tente d'exécuter l'*Incantatio demonata*.

CF : Mais pour une simple enfant, tremper dans une magie aussi noire... Peut-être que si vous pouviez me révéler qui...

VM : Vous savez que je ne peux prononcer son nom tant qu'il ne sera pas confirmé au procès, *Rex*. Mais ne vous inquiétez pas, je ne la laisserai pas accomplir le sort jusqu'au bout.

CF : Au contraire, il le faut.

VM : Pardon, *Rex* ? Je ne vous comprends pas.

CF : C'est un test, *Venator*. L'incantation *doit* être menée à bien. Si elle échoue, vous prendrez la lame et verserez votre propre sang.

119

VM : Le Comité est au courant ? Le Conclave approuve ?

CF : Ne vous souciez pas du Conclave. J'en fais mon affaire. Les *Venator* me sont fidèles, n'est-ce pas ?

VM : Mais, *Rex*... l'incantation. Êtes-vous sûr ?

CF : Je le suis. Le temps venu, faites-le. C'est un ordre.

DIX-SEPT

Lorsqu'elle était enfant, Bliss vivait avec sa famille dans une de ces gigantesques demeures que l'on voyait partout à River Oaks, un faubourg cossu de Houston. Leur maison de deux mille six cents mètres carrés était un parfait exemple de la folie des grandeurs texane. Bliss disait en plaisantant qu'ils auraient dû avoir leur propre code postal. Elle ne s'y était jamais sentie à l'aise et préférait le ranch pittoresque de ses grands-parents, dans les vastes étendues sauvages de l'ouest du Texas.

Bien qu'originaire de la côte Est, sa famille était considérée comme un membre à part entière de l'aristocratie texane avec son argent gagné dans le pétrole, l'élevage, et euh... surtout le pétrole. Les Llewellyn se plaisaient à raconter l'histoire de leur aïeul qui avait scandalisé sa famille très collet-monté en laissant tomber l'université Yale pour aller travailler dans une exploitation pétrolière. Il avait rapidement appris les ficelles du métier, acquis des milliers d'hectares de terrains riches en pétrole, et était devenu le nabab le plus chanceux de tout l'État. Était-ce réellement dû à la chance, ou à ses pouvoirs vampiriques ? se demandait-elle à présent.

Forsyth était le fils cadet du fils cadet. Quant au grand-père de Bliss, c'était un rebelle qui était resté dans l'Est après ses études en pension, avait épousé sa petite amie du lycée, une jeune fille de bonne famille du Connecticut, et avait élevé leur fils dans l'appartement familial de la 5ᵉ Avenue, jusqu'à ce que des déboires en Bourse renvoient la famille dans son domaine texan.

Son grand-père était l'un des êtres qu'elle préférait au monde. Il avait gardé son accent traînant même après des années passées dans la région Nord-Est, et possédait un sens de l'humour fin et ironique. Il aimait à dire qu'il n'était chez lui nulle part, et donc qu'il l'était partout. Il avait la nostalgie de sa vie new-yorkaise, mais il avait fait son trou et repris l'affaire familiale alors que personne d'autre ne voulait du ranch car tous préféraient rejoindre les métropoles de verre de Dallas ou de San Antonio. Elle aurait bien aimé que grand-père reste plus longtemps parmi eux ; quel était l'intérêt d'être un vampire s'il fallait vivre aussi brièvement qu'un humain, puis attendre d'être rappelé pour le cycle suivant ?

Bliss avait grandi entourée de nombreux cousins, et jusqu'à son déménagement à New York et ses quinze ans, elle avait toujours supposé qu'elle n'avait rien de spécial ni de particulièrement intéressant. Peut-être était-ce une ignorance consentie. Car il y avait eu des signes, comme elle s'en était rendu compte plus tard : les allusions de ses cousins plus âgés au « changement », les petits rires furtifs de la part des initiés, le roulement de secrétaires de son père qui, elle le comprenait à présent, faisaient office de familiers humains. Elle n'avait compris que récemment à quel point il était étrange que personne ne parle jamais de sa vraie mère.

BobiAnne était la seule mère qu'elle eût jamais connue. Bliss avait une relation malaisée avec sa belle-mère vulgaire et exagérément protectrice, qui la couvrait d'affection tout en ignorant sa propre enfant, Jordan, la demi-sœur de Bliss. BobiAnne, avec ses fourrures, ses diamants, ses projets de décoration ridicules, avait trop essayé de remplacer la mère que Bliss n'avait jamais connue, et celle-ci ne pouvait pas lui en vouloir. D'un autre côté, elle ne pouvait pas non plus l'aimer pour autant.

Forsyth avait épousé BobiAnne alors que Bliss était encore au berceau, et Jordan était née quatre ans plus tard. C'était une enfant étrange et silencieuse, potelée alors que Bliss était une liane, blafarde alors que Bliss avait un teint d'ivoire, et difficile par comparaison avec la bonne composition de Bliss. Et pourtant, cette dernière ne pouvait pas imaginer la vie sans sa petite sœur, et la défendait farouchement chaque fois que BobiAnne taquinait sa propre progéniture ou lui manquait de respect. Pour sa part, Jordan adorait sa sœur lorsqu'elle ne se moquait pas d'elle. C'était une relation de frangines tout à fait normale : pleine de prises de bec et de chamailleries, mais soudée par une loyauté à toute épreuve.

On prenait toujours à la légère les choses les plus importantes de la vie, pensa Bliss alors que, quelques jours après le défilé de mode, elle roulait dans un taxi pour gagner les hauteurs de Manhattan. Elle demanda au chauffeur de l'emmener à l'hôpital presbytérien de Columbia.

– Vous êtes de la famille ? s'enquit l'employé de la réception en poussant vers elle un formulaire de visite.

Bliss hésita. Elle toucha la photo cachée dans la poche de son manteau pour qu'elle lui porte chance. C'était la même

123

que celle que gardait son père dans son portefeuille : une copie trouvée dans une boîte à bijoux, qu'elle tenait à présent dans ses mains.

– Oui.

– Dernier étage. Dernière chambre au bout du couloir.

Elle aurait aimé avoir quelqu'un pour l'accompagner, mais elle ne voyait personne à qui elle aurait pu demander. Theodora aurait certainement exigé une explication, et Bliss aurait été bien incapable d'en fournir une raisonnable. « Euh, je pense que toi et moi on est peut-être sœurs ? » Cela semblait tout simplement grotesque.

Quant à Dylan, Bliss refoulait toutes les pensées qu'elle pouvait avoir pour lui. Elle savait qu'elle aurait dû prendre de ses nouvelles, surtout à présent qu'il avait cessé d'essayer de la contacter, mais elle était trop fâchée et humiliée pour retourner dans cette chambre sordide du *Chelsea Hotel*. À cause des tics étranges qu'elle avait observés – la voix gutturale, le rire perçant, l'étrange charabia en plusieurs langues –, elle avait encore plus peur de lui. Bliss savait qu'elle prenait ses désirs pour des réalités, mais elle ne pouvait s'empêcher d'espérer que les choses reviennent simplement à la normale. Elle avait promis à Theodora et à Oliver de s'occuper de tout – de le dénoncer au Comité et au Conclave –, mais jusqu'à présent elle s'était sans cesse trouvé des excuses pour n'en rien faire. Même si elle avait décidé de ne plus être attirée par lui, elle ne trouvait pas non plus le courage de le moucharder.

Elle avait d'autres sujets de préoccupation, même si elle savait qu'elle ne trouverait pas de réponses à l'hôpital. Allegra était dans le coma, après tout. Et il était inutile d'essayer d'aborder le sujet avec son père.

Toute sa vie, on avait dit à Bliss que sa mère était morte quand elle était jeune. Que « Charlotte Potter » était une institutrice rencontrée par son père lors de sa première campagne électorale, lorsqu'il s'était présenté au siège de député d'État. À présent, Bliss se demandait si Charlotte Potter avait jamais existé. Il n'y avait en tout cas ni album de mariage, ni souvenirs, ni biens de famille indiquant qu'une telle femme eût jamais été mariée à son père. Pendant une éternité, elle avait cru que c'était parce que BobiAnne ne voulait pas voir de traces de la première Mme Llewellyn.

Elle ne savait rien de la famille de sa vraie mère, et pourtant sa mémoire vampirique affûtée lui permettait de remonter jusqu'à la première fois où elle avait demandé son nom à son père. Elle avait cinq ans alors, et il venait de lui lire une histoire avant d'aller au lit.

– Charlotte Potter, lui avait-il dit gaiement. Ta mère s'appelait Charlotte Potter.

Bliss en avait été charmée.

– Comme dans *Le Petit Monde de Charlotte* ! s'était-elle exclamée de sa voix flûtée.

Et son nom de famille était le même que celui de la dame qui écrivait tous ces livres qu'elle avait sur ses étagères : Beatrix Potter.

Plus le temps passait, plus Bliss soupçonnait son père d'avoir inventé ce nom sur le coup.

Bliss longea tout le couloir et trouva la chambre. Elle poussa la porte et se glissa à l'intérieur.

La chambre d'Allegra Van Alen était aussi glacée qu'une chambre froide de boucher. La femme endormie sur le lit ne bougeait pas. Bliss s'approcha de son chevet d'un pas hésitant, avec l'impression d'être une intruse. Allegra avait une expression paisible, sans âge, et un visage sans rides. Elle ressemblait à une princesse dans un cercueil de verre : belle et immobile.

Elle avait cru que lorsqu'elle verrait enfin Allegra elle ressentirait quelque chose, elle saurait avec certitude si elle lui était liée ou non. Mais il ne se passa rien. Bliss toucha le collier caché sous son chemisier pour se réconforter, puis tendit la main pour prendre celle d'Allegra, sentir sa peau fine comme du papier de soie. Elle ferma les yeux et s'efforça d'accéder à ses vies passées, à ses souvenirs, pour voir si elle savait quelque chose sur Gabrielle.

Par flashes, elle entrevit quelqu'un qu'elle reconnaissait vaguement, qui aurait pu être elle, mais Bliss n'en était pas sûre. Au final, la femme étendue sur le lit lui était aussi étrangère que l'infirmière dans le couloir.

– Allegra ? chuchota Bliss.

Ç'aurait décidément été présomptueux de l'appeler « mère ».

– C'est moi. Je suis... Bliss. Je ne sais pas si vous vous souvenez de moi, mais je crois que vous êtes peut-être ma...

Soudain, Bliss s'arrêta net. Elle avait une douleur à la poitrine, comme si elle ne pouvait plus respirer. Que faisait-elle là ? Il fallait qu'elle parte. Il fallait qu'elle s'en aille immédiatement.

Elle avait vu juste : elle ne trouverait aucune réponse ici. Elle ne connaîtrait jamais la vérité. Son père ne la lui dirait jamais, et Allegra ne le *pouvait* pas.

Bliss partit, troublée et désarçonnée, toujours en quête de réponses aux questions qu'elle gardait dans son cœur.

Ce qu'elle ignorait, c'est que lorsqu'elle quitta l'hôpital, Allegra Van Alen se mit à hurler.

DIX-HUIT

Comme les réunions du Comité ne commençaient jamais à l'heure, Mimi ne s'inquiéta pas en voyant que son rendez-vous téléphonique avec son organisatrice d'union se prolongeait un peu plus que prévu. Depuis que Lawrence avait pris ses fonctions en tant que *Rex*, les réunions avaient de moins en moins à voir avec l'organisation des mondanités et des galas de charité et de plus en plus avec des leçons de vampirisme, tout à fait superfétatoires à son avis.

Edmund Oelrich, le vieux gâteux du Conclave qui était à présent Sentinelle en chef, ne menait pas sa barque comme Priscilla Dupont ; il ne se rendait absolument pas compte que s'ils voulaient s'assurer tous les parrainages requis au ballet annuel du Gala de printemps, en mai, ils auraient déjà dû faire des appels du pied depuis plusieurs semaines. En l'état actuel des choses, toutes les anciennes *first ladies* étaient déjà prises, et la femme du gouverneur était plongée dans le dernier scandale de son mari. À ce compte-là, ils allaient devoir se rabattre sur la petite amie du maire, qui n'était absolument pas en vogue et ne s'intéressait pas le moins du monde aux réceptions huppées maquillées en œuvres sociales.

Mimi entra dans la bibliothèque de Duchesne, trouva un siège au fond et tapota l'appareil Bluetooth accroché à son oreille pour éviter d'avoir à saluer ses amis. Elle considérait les leçons du Comité comme une perte de temps totale. Elle brillait dans tous ses talents depuis la transformation, et la lenteur de certains autres vampires l'exaspérait. Aujourd'hui, ils étaient censés approfondir la notion de *mutatio*, la capacité à se changer en l'un des éléments : le feu, l'eau, l'air. Mimi soupira. Elle disparaissait sous forme de brume depuis ses onze ans. Elle s'était « développée » précocement, comme on disait.

– Pardon, tu peux répéter ? demanda-t-elle en secouant le minuscule récepteur argenté coincé dans son oreille. Tu penses qu'on pourrait faire ça à la Maison-Blanche ? Non ?

La compagnie qu'elle avait engagée, Elizabeth Tilton Events, avait récemment orchestré une folie de cinq jours à Cartagena, en Colombie, où don Alejandro Castañeda, héritier sangbleu de la fortune amassée par son père dans le sucre et les boissons, s'était uni à sa jumelle vampirique, Danielle Russell, récemment diplômée de Brown. Mimi et Jack y étaient allés pour représenter la famille, et Mimi avait été un peu vexée lorsqu'au dîner de répétition tout le monde s'était étendu sur l'extraordinaire qualité de l'événement. Le garçon d'honneur avait clamé : « La prochaine union devra se faire sur la Lune, autrement personne ne surpassera celle-ci ! »

Ce qui était sûr, c'était que Mimi allait tout faire pour.

– Ma chérie, roucoula Lizbet Tilton. Tu me vois navrée, mais avec la nouvelle administration, ce n'est même pas la peine de l'envisager. Je ne crois pas que nous ayons suffisamment contribué à la campagne. Mais il doit bien exister un autre lieu où tu aimerais recevoir.

– Et Buckingham, alors ? Je suis sûre que mon père peut appeler là-bas pour demander une faveur.

Lizbet rit de bon cœur.

– Mon trésor, à quel siècle vis-tu ? Tu t'es mélangée dans tes vies ? Même quand on est de sang royal, cette branche du clan ne nous a jamais pardonné d'être partis. D'autre part, ils sont terriblement stricts de nos jours. Même Charles et Camilla ont dû aller se marier ailleurs.

Mimi fit la moue.

– Bien, alors je suppose que nous pourrions faire cela sur l'île, dit-elle tout en remarquant que Theodora et Bliss venaient d'entrer dans la salle.

Mimi envoya vite une suggestion qui fit soudain trébucher Theodora. Ha. Il y en avait une qui ne travaillait pas ses leçons d'*occludo*. L'esprit de Theodora était ouvert comme une plaie béante.

– Tu veux dire chez ton père à Sandy Cay ? demanda Lizbet. Ce serait fabuleux. (Les Force possédaient une île privée dans les Bahamas.) Tout le monde pourrait venir en jet pour le week-end, et pour ceux qui n'ont pas d'avion nous pourrions en affréter un. Nous venons de faire la même chose pour Alex et Dani en Colombie.

Mimi ne voulait *absolument* pas que son union ressemble à celle de quelqu'un d'autre.

– Et l'Italie ? proposa Lizbet. Un des palais ancestraux ? Vous avez encore ce château en Toscane ?

– Hum, non. Pas l'Italie. Trop de mauvais souvenirs, grommela Mimi, irritée, en fusillant du regard le groupe qui la regardait fixement.

La Sentinelle en chef et les autres Aînés avaient fini par arriver et les leçons allaient commencer.

– Bon, bref. Désolée.

– Tu sais, dit Lizbet, pensive, avec cette mode de célébrer les unions partout dans le monde, personne n'en a fait dans un cinq-étoiles à New York depuis des décennies.

– Ici ? Chez nous, simplement ?

Mimi fronça les sourcils. Ça ne paraissait pas exceptionnel du tout.

Devant, Edmund Oelrich remuait des papiers sur l'estrade et accueillait les femmes bien conservées qui composaient le Comité senior.

– Saint John the Divine est une cathédrale gothique fabuleuse. Tu pourrais porter une traîne plus longue que celle de Lady Di. Et nous pourrions faire venir le Chœur des garçons de Harlem. Ce serait proprement angélique.

Mimi réfléchit à cette proposition. C'était en effet une magnifique église, comme elle le dit à Lizbet, et la réception pourrait avoir lieu ensuite au temple de Dendour, dans le Metropolitan Museum. Charles, qui siégeait au conseil d'administration du musée, s'était montré particulièrement généreux cette année. Elle fit signe à Jack, qui venait de passer la porte. Son frère la rejoignit et lui adressa un bref sourire.

– À qui tu parles ? articula-t-il silencieusement.

– Alors, nous sommes d'accord ? Saint John ? Et ensuite le Met ? demandait Lizbet. Et tu as bien dit que tu voulais inviter tous les Quatre Cents, c'est bien ça ?

– Vendu, et vendu ! dit Mimi avec satisfaction.

Elle rangea son téléphone et sourit à son frère. Maintenant qu'elle connaissait son secret, elle remarqua qu'il regardait partout dans la salle sauf dans le coin où se trouvait Theodora.

L'acolyte de cette dernière, cet humain tout aussi contrariant, Oliver, arriva peu après. Ça, c'était encore une imposture : admettre des humains à leurs meetings exclusifs. Charles ne l'aurait jamais permis du temps de son mandat. Mais Lawrence avait clairement affirmé qu'il voulait voir les Intermédiaires suivre également leur propre formation, et le meilleur moyen pour cela était de les appeler à se joindre au Comité.

Mimi sentit Jack se crisper à côté d'elle. Oliver avait fait la bise à Theodora. Voilà qui était intéressant. Elle employa sa sensibilité vampirique pour se focaliser sur le cou d'Oliver. Elle repéra immédiatement les marques de morsure révélatrices. Elles étaient indétectables pour un œil humain, mais flagrantes pour la vue d'un vampire. Donc, la petite sang-mêlé avait choisi son meilleur ami comme familier.

Bien.

Cela donna une idée à Mimi. Si Theodora n'avait pas l'intention d'abandonner sa pitoyable petite liaison avec Jack, on pourrait peut-être l'y obliger.

Mimi devrait agir vite. Elle avait dit à Lizbet qu'elle voulait célébrer son union dans trois mois.

Contrairement à Mimi, Bliss appréciait les nouvelles orientations du Comité. Elle aimait bien découvrir et utiliser ses talents de vampire au lieu d'apprendre par cœur des leçons d'histoire assommantes ou de garnir des enveloppes et de comparer les traiteurs pour des réceptions extravagantes auxquelles elle ne tenait pas particulièrement à participer. Les séances d'entraînement lui fouettaient le sang. Elle découvrait avec bonheur qu'elle était douée pour certaines des tâches les plus difficiles, comme la *mutatio*, en l'occurrence.

Le Comité senior avait demandé aux jeunes membres de se répartir par deux ou trois pour s'exercer à l'art délicat de la métamorphose.

– Tout vampire doit être capable de se transformer en fumée, en air ou en brouillard ; cela dit, la plupart d'entre nous peuvent aussi se transformer en feu ou en eau. Comme vous le savez peut-être, la Conspiration a veillé à ce que les fausses légendes sur notre peuple perpétuées dans l'histoire des sang-rouge s'appuient sur un fond de vérité.

Dorothea Rockefeller, la conférencière invitée, eut un petit gloussement de rire. Les fables inventées par la Conspiration – l'organisme de désinformation mis en place par les sang-bleu – amusaient toujours énormément le Comité.

– Elle a aussi pensé qu'il conviendrait que les humains soient amenés à croire que les nôtres ne peuvent se transformer qu'en chauves-souris, en rats ou autres créatures nocturnes. Les sang-rouge en retireraient une fausse impression de sécurité pendant le jour. Et s'il est vrai que ceux d'entre nous qui sont capables de changer de forme peuvent opter pour ces formes physiques plutôt repoussantes, la plupart s'en abstiennent. De fait, notre dame Gabrielle a choisi une colombe comme *mutatus*. Si vous faites partie des rares individus qui se transforment à volonté, vous trouverez une forme correspondant à vos talents. Ne soyez pas surpris si ce n'est pas celle que vous attendiez.

Bliss était une des heureuses élues. Elle avait découvert qu'elle pouvait passer de fille à fumée et *vice versa*, puis essaya d'autres formes – cheval blanc, corbeau noir, singe-araignée – avant d'arrêter son choix sur une forme de lionne dorée.

Mais Theodora se tenait simplement debout au milieu de la salle, de plus en plus frustrée à chaque tentative ratée.

– C'est peut-être parce que je suis à moitié humaine, soupira-t-elle lorsqu'un nouvel essai pour forcer sa matière à changer de configuration la fit seulement tomber par terre, toujours sous sa forme habituelle.

– Et alors, quel est le mal à être humain ? lui demanda Oliver en regardant, fasciné, Mimi Force se transformer en phénix, en colonne de feu et en serpent rouge en l'espace de trois secondes. Ouah, ajouta-t-il, elle est douée.

– C'est de la frime, persifla Bliss. Ne fais pas attention à elle. Et arrête de rire, Ollie. Tu distrais Theodora !

Bliss essayait de ne pas trop se rengorger de son succès, mais c'était satisfaisant de savoir que Theodora n'était pas bonne dans tous les domaines.

– Écoute, voilà ce que tu vas faire. Tu dois visualiser ton but. Tu dois *être* le brouillard. Pense comme le brouillard. Laisse ton esprit s'effacer. Tu le sens ? Comme une légèreté... Ça commence à la surface de la peau, et ensuite...

Theodora, obéissante, ferma les yeux.

– OK, je pense à du brouillard. Le Golden Gate. San Francisco. Des petites pattes de chat. Je ne sais pas... ça ne marche pas.

– Chhhht, la gourmanda Bliss.

Elle sentait déjà la transformation commencer, sentait tous ses sens glisser, sentait son être même disparaître dans un doux nuage gris. Elle s'amusait bien à imaginer comment employer ce nouveau talent, lorsqu'elle eut encore une vision. Celle-ci la frappa violemment. La dureté de l'image lui fit l'effet d'un coup de poing dans le ventre.

Dylan.

Même s'il avait l'habitude d'être débraillé, c'était bien pire à présent. Ses vêtements étaient en loques, sa chemise déchiquetée, son jean déchiré, et ses cheveux ébouriffés dans tous les sens. On aurait dit qu'il n'avait pas mangé ni dormi depuis des semaines. Debout devant les grilles du lycée, il secouait les barreaux et tempêtait comme un fou.

– Qu'est-ce qui ne va pas ? demanda immédiatement Theodora en voyant Bliss chanceler.

– Dylan. Il est ici.

135

Elle n'eut pas besoin d'ajouter autre chose.

Tous trois quittèrent en courant la réunion du Comité sans prêter attention aux visages curieux des autres membres, et sortirent de la bibliothèque pour dévaler l'escalier. Grâce à leur rapidité vampirique, Theodora et Bliss atteignirent les portes bien avant Oliver qui, hors d'haleine, essayait de tenir le rythme.

Duchesne se trouvait à un coin paisible de la 96e Rue, dans le quartier des lycées privés. Comme on était en milieu d'après-midi, les rues étaient pratiquement désertes, à part une ou deux nounous poussant des poussettes vers le parc.

Le garçon qui, au milieu du trottoir, secouait violemment le portail ressemblait à un prophète d'une époque révolue, une réminiscence d'une ère de prêcheurs et de prédicateurs où des hommes échevelés vous mettaient en garde contre la fin du monde. Il ne restait presque aucune trace de l'adolescent farceur qui voulait jouer de la guitare comme Jimi Hendrix quand il serait grand.

– ABOMINATION ! tonna-t-il en les voyant.

– C'est ma faute, se désola Bliss, déjà au bord des larmes à la vue de Dylan. Je sais que je vous avais promis de parler de lui au Conclave, mais je n'ai pas pu. Et je n'ai pas pris de ses nouvelles... Je l'ai abandonné et ignoré... Je voulais juste qu'il disparaisse. Tout est ma faute.

– Non, c'est la mienne, dit Theodora. J'allais le dire à Lawrence, mais...

– C'est notre faute à tous, intervint fermement Oliver. On aurait dû faire quelque chose, mais on n'a rien fait. Bon, il faut l'éloigner d'ici. Les gens vont commencer à poser des questions, ajouta-t-il alors qu'un homme âgé qui promenait

136

un caniche leur envoyait un regard perplexe en traversant la rue. Il vaudrait mieux pour nous que la police ne s'en mêle pas.

Dylan fit soudain un mouvement vers eux en passant ses doigts à travers les barreaux et en baragouinant dans une langue qu'ils ne comprirent pas.

Bliss se transforma sur-le-champ en lionne dorée. C'était une vision inoubliable, mais perceptible seulement pour les yeux des sang-bleu : une créature imposante, impitoyable. Elle bondit par-dessus le portail et s'approcha pas à pas de Dylan, qui se déchaîna contre elle.

– Fille du diable ! TRAÎTRESSE ! cracha-t-il.

Bliss l'accula contre les barreaux de fer et montra les dents. Elle se recula sur ses pattes arrière et le repoussa de ses énormes pattes avant dorées. Dylan se recroquevilla et se mit à gémir, tremblant, en se protégeant la tête de ses mains.

– Elle l'a eu ! cria Oliver en faisant signe à Theodora d'avancer sur le flanc droit de Bliss.

Theodora courut rejoindre son amie. Elle regarda Dylan au fond des yeux. Elle y vit de la rage, de la colère et de la confusion. Elle chancela dans sa détermination. Ce n'était pas un monstre. C'était une bête blessée.

Mais Oliver n'avait pas ses scrupules.

– THEODORA ! VAS-Y ! MAINTENANT !

– *Dormi !* ordonna-t-elle en passant la main devant la face de Dylan.

Celui-ci s'affaissa et s'effondra au sol. Bliss reprit sa forme et s'agenouilla auprès de lui.

– Il dormira jusqu'à ce qu'on lui ordonne de se réveiller, dit Theodora.

Oliver s'agenouilla à son tour à côté de Bliss, et ils réussirent à improviser une camisole de force avec le pull de Dylan. Les plis qui marquaient son visage se lissaient lentement. Une fois endormi, il avait l'air docile et paisible.

– Il faut absolument le livrer au Comité ; tout cela a bien assez duré, dit Oliver. Je sais que tu ne veux pas, Bliss, mais c'est mieux pour lui. Peut-être qu'ils pourront l'aider.

– Ils n'*aident* pas les sang-d'argent : ils les suppriment. Tu le sais, dit Bliss avec amertume.

– Mais peut-être...

– Je vais l'amener à mon père, décida Bliss. Je réussirai peut-être à plaider sa cause auprès de Forsyth. À le convaincre d'être clément avec Dylan parce que c'est mon ami. Il saura quoi faire.

Theodora hocha la tête. Forsyth serait sûrement en mesure de traiter le cas de Dylan. Entre-temps, la Rolls-Royce des Llewellyn était venue se garer le long du trottoir. Ils poussèrent le garçon sur la banquette arrière à côté de Bliss.

– Il va s'en tirer, l'assura Theodora.

– Mais oui, dit Bliss tout en sachant qu'aucun d'eux trois n'y croyait plus.

La voiture s'éloigna, et elle leva la main en signe d'au revoir. Oliver lui retourna son salut tandis que Theodora restait hébétée. Enfin, la voiture tourna le coin de la rue et ils ne furent plus visibles.

Lorsque Bliss arriva au « domaine des Rêves », l'extravagant triplex de sa famille perché au sommet de l'un des buildings les plus huppés de Park Avenue, BobiAnne consultait son horoscope dans le « petit » salon. La belle-mère de Bliss était

138

une Texane mondaine à la crinière volumineuse, dégoulinante de diamants même en début d'après-midi. Quant à sa demi-sœur, Jordan, elle faisait ses devoirs sur une table basse à côté de sa mère. Toutes deux levèrent la tête, surprises par son entrée.

– Qu'est-ce qui se passe ? s'écria BobiAnne en bondissant de son siège à la vue de sa belle-fille et du garçon ligoté, inconscient.

– C'est Dylan, dit Bliss comme si cela expliquait tout.

Elle s'adressait à sa famille avec un calme terrifiant. Elle ne savait pas du tout comment ils réagiraient à sa vue, d'autant plus qu'il était très sale. BobiAnne avait des palpitations dès que quelqu'un oubliait de se servir d'un sous-verre ou laissait des traces de doigts sur le papier peint japonais.

– Le garçon qui avait disparu, murmura Jordan avec de grands yeux ronds effrayés.

– Oui. Il a un problème. Il n'est... pas tout à fait là. Il faut que j'en parle à papa.

Bliss avoua tout – le retour inattendu de Dylan, comment elle l'avait caché au *Chelsea Hotel* – et leur fit le résumé de ses attaques précédentes.

– Mais tout le monde va bien, leur assura-t-elle. Ne vous en faites pas pour moi. C'est lui qu'il faut aider, ajouta-t-elle en posant doucement la tête de Dylan sur la méridienne la plus proche.

– Tu as fait ce qu'il fallait, dit BobiAnne en serrant Bliss contre son buste et en la suffoquant sous son parfum. Il sera en sécurité ici, avec nous.

VINGT

L e printemps à New York était un mirage. La ville passait presque sans transition des rigueurs de l'hiver au plein été. Après la fonte des neiges, il y avait quelques jours de pluie, puis le soleil brillait sans merci et transformait la ville en sauna géant. Comme ses concitoyens, Theodora chérissait le peu de printemps qui leur était accordé. Alors qu'elle traversait la 96e Rue avec Bliss après les cours, elle sourit en remarquant les premiers bourgeons fragiles de la saison. Sa vie avait beau changer, elle pouvait toujours compter sur l'éclosion des tulipes à Central Park.

Elle cueillit une minuscule fleur jaune sur un arbuste et se la mit dans les cheveux. Duchesne commençait à prendre une ambiance décontractée pendant ces quelques mois précédant les grandes vacances. Les terminales avaient tous reçu leur admission en fac, et les profs donnaient la moitié de leurs cours en plein air.

Bliss lui raconta que Dylan avait été pris en charge, et pas d'une mauvaise manière. Forsyth s'était montré plus que bienveillant avec lui. Le sénateur avait dit qu'il restait peut-être de

141

l'espoir pour lui, même s'il avait été corrompu, puisqu'il fallait longtemps pour qu'un sang-bleu se transforme en sang-d'argent. Peut-être était-il encore temps de stopper le processus. Forsyth l'avait envoyé dans un lieu où il pourrait être mis en observation et réhabilité.

– En gros, il est en cure de désintox, expliqua Bliss tandis qu'elles passaient devant les institutions scolaires du quartier, évitant un groupe de bêcheuses de Nightingale-Bamford dans leur uniforme bleu et blanc. Tu te rappelles que Charlie Bank et Honor Leslie ont dû partir pour le centre Transitions l'an dernier ? Et que tout le monde croyait que c'était à cause de la drogue ? poursuivit-elle, évoquant deux élèves de Duchesne qui avaient été absents plusieurs mois.

– M-mm, acquiesça Theodora.

– Eh bien ils n'étaient pas camés. C'est leur transformation qui les rendait dingues. Ils avaient des hallucinations, ils ne pouvaient plus distinguer le passé du présent. Ils s'attaquaient à des humains, transgressaient le Code. Alors on les a envoyés là-bas pour s'en occuper. La désintox fait une bonne couverture, tu ne trouves pas ? Les humains croient qu'ils sont là-bas pour se soigner, ce qui n'est pas faux, en fait.

Theodora s'émerveillait toujours de la manière dont les vampires trouvaient le moyen de dissimuler leur vraie vie en s'intégrant dans la société normale, mais Bliss lui expliqua qu'en l'occurrence, c'était plutôt le contraire.

– Apparemment, la clinique Mayo, Hazelden et tous ces centre de désintox célèbres ont été fondés par des sang-bleu. Ils ont dû se mettre à traiter les problèmes humains quand c'est devenu tendance d'y aller. Tu crois qu'il va s'en sortir ? poursuivit-elle sans transition.

Theodora ne voulait pas lui donner de faux espoirs, mais elle se dit que ce serait cruel de dire autre chose.

– Je suis sûre qu'ils vont faire de leur mieux.

Bliss soupira.

– Eh oui.

Elles résolurent d'aller le voir quelques jours plus tard, et Theodora lui dit au revoir à la hauteur de la 86e Rue pour prendre le bus de la 5e Avenue.

Toute la semaine, elle s'était efforcée de ne pas penser à l'avertissement de Mimi. Celle-ci avait-elle dit la vérité ? Mettait-elle Jack en danger ? Elle aurait voulu questionner Lawrence sur la question, mais elle avait trop honte. Que lui avait dit son grand-père ? *Tu dois bien avoir remarqué qu'il est attiré par toi. Dieu merci, tu n'es pas attirée par lui. Si c'était le cas, ce serait un désastre pour vous deux.*

Comment aurait-elle pu lui dire qu'il se trompait ? Qu'elle partageait les sentiments de Jack Force ? Qu'elle était faible et pitoyable alors que Lawrence la croyait si forte ? Impossible. Elle se dit qu'elle ne pouvait pas l'ennuyer avec une chose aussi bête que sa vie amoureuse alors qu'il affrontait un problème autrement grave et sérieux : une menace sur l'essence même de l'existence des sang-bleu. Elle commençait à s'inquiéter pour lui. Elle n'avait pas reçu un seul message depuis des jours.

Son grand-père se méfiait des moyens de communication normaux, et depuis son arrivée à Rio il avait eu recours uniquement à la télépathie pour la joindre et lui faire savoir que tout allait bien. Jusqu'à présent il ne s'était plaint que du temps (chaud et humide) et de la cuisine (trop épicée). Il

143

n'avait pas évoqué le problème du Corcovado, et Theodora ignorait si c'était un bien ou un mal.

Elle n'avait eu aucune occasion non plus de questionner Jack sur les sinistres prédictions de sa sœur. Ils n'avaient pas réussi à se voir seul à seule depuis le soir de l'attaque de Dylan. Theodora savait que Mimi lui prenait tout son temps libre.

Lorsqu'elle arriva à l'hôtel particulier, Jack était au salon et parlait avec son père. Charles était en robe de chambre. L'ancien chef des sang-bleu passait à présent tout son temps dans son bureau. Il ne semblait pas s'être douché aujourd'hui. Theodora était partagée entre la pitié et l'irritation. Il lui avait causé tant de chagrin ! À cause de lui, elle devait éviter tous ceux qu'elle aimait. Elle avait cru à ses menaces, mais ces derniers temps on avait l'impression que Charles n'en était une que pour lui-même. Toutefois elle se dit que si Charles ne l'avait pas traînée de force jusque chez lui, Jack et elle n'auraient peut-être jamais eu l'occasion de découvrir à quel point ils se plaisaient.

– Salut, lui dit Jack en souriant. Tu rentres tôt.

– Je n'ai pas raté le bus cette fois, dit-elle en posant ses affaires d'école sur une table.

Elle ne se sentait toujours pas à l'aise dans leur maison, mais d'un autre côté elle en avait assez de marcher sur des œufs comme si elle n'y avait pas sa place.

– Bonjour, Theodora, grogna Charles.

– Charles, dit-elle froidement.

L'ancien *Rex* resserra la ceinture de sa robe de chambre et repartit vers son antre en traînant les pieds, les laissant seuls tous les deux.

– Elle est là ? demanda Theodora en promenant son regard dans l'espace opulent qui constituait le living-room des Force.

La pièce, décorée dans un style franco-victorien fastueux, était bourrée d'antiquités rares, de tableaux de maîtres à couper le souffle, dignes d'un grand musée, et d'étoffes somptueuses. Ses sens lui disaient que Mimi n'était pas dans les parages. Mais on ne sait jamais.

– Non. Elle est partie à une dégustation ou je ne sais quoi, répondit-il.

Theodora prit place à côté de lui sur un siège « conversation » doré et garni de velours, ainsi nommé car il permet de s'asseoir à la fois face à face et côte à côte.

Elle observa son visage. Le visage qu'elle aimait tant.

– Jack. Je veux te demander quelque chose.

– Vas-y, dégaine, dit Jack en étendant les jambes devant lui et en dépliant son long bras sur le dossier pour poser légèrement les doigts sur l'épaule de Theodora.

Elle ressentait des picotements dès qu'il l'effleurait.

– Est-ce vrai que le lien entre toi et...

– Je ne veux pas parler du lien, la coupa Jack en retirant son bras.

Ses traits se glacèrent, et pendant un instant elle aperçut sa vraie nature, elle vit l'ange noir qu'il était. L'ange qui avait déchaîné un vent de destruction sur le paradis, celui qui sonnerait les trompettes de l'Apocalypse quand le temps serait venu. Il avait le visage d'Abbadon, l'applicateur de la Loi, le coup de massue, le soldat le plus dangereux de l'armée du Tout-Puissant.

– Mais je veux savoir...

– Chut. (Jack se tourna vers elle et appuya une main contre sa joue.) Ne commençons pas...

– Mais Mimi...

À l'instant où elle prononçait son nom, Theodora perçut une présence à la porte d'entrée. Mimi était de retour, ou c'était imminent. En un clin d'œil, à la vitesse vampirique maximale, Theodora sortit du salon et courut dans sa chambre en fermant la porte derrière elle.

En entrant quelques petites secondes plus tard, chargée de plusieurs sacs de shopping, Mimi trouva Jack tout seul, plongé dans un livre.

Theodora et Jack n'eurent plus d'occasion d'être seuls ce soir-là. Toute la famille se retrouva quelques heures plus tard pour le dîner obligatoire. Une fois par semaine, Trinity Burden, la mère, exigeait que les enfants soient à la maison pour dîner avec leurs parents. Il était arrivé à Theodora de rêver d'une vraie famille, d'une vie avec une mère aimante, un père attentif et des frères et sœurs se chamaillant autour de la viande et des pommes de terre.

Bien sûr, chez les Force, cela ne se passait pas du tout ainsi.

Les repas à la maison étaient servis dans la salle à manger d'apparat, sur une table tellement vaste et intimidante que chacun était assis à plus de cinquante centimètres de son voisin. Chaque plat était servi par un maître d'hôtel sur un plateau d'argent, et le menu ne variait jamais : c'était toujours de la cuisine française, toujours riche et compliquée et toujours parfaitement succulente. Pourtant, Theodora avait la nostalgie de la solide tambouille vite faite de Hattie et se languissait d'une simple assiette de macaronis au fromage sans prétention, ou d'un frichti ne nécessitant ni de faire réduire une sauce au vin ni de prendre un accent snob pour prononcer son nom.

La conversation était éculée ou inexistante. Charles était

toujours perdu dans son monde, tandis que Trinity essayait d'engager avec les jumeaux une discussion superficielle sur leur vie quotidienne. Jack était courtois, Mimi était sèche. Au moins, Theodora n'était pas la seule à considérer ces dîners comme une farce et une perte de temps.

– Bien, Jack et moi avons quelque chose à vous annoncer, dit Mimi au moment où arrivait le dessert, une flamboyante pêche Melba. Nous avons fixé la date de notre union.

Theodora tenta de maîtriser son expression, mais constata qu'elle ne pouvait pas s'empêcher de garder les yeux fixés sur Jack, toujours aussi impassible. Leur union ! Déjà...

Mimi tendit la main pour prendre celle de son frère.

– C'est un peu tôt, tu ne crois pas ? demanda Trinity d'un air inquiet. Vous avez bien le temps.

Mais oui, se dit Theodora. *Plein de temps, des tas et des tas. Peut-être bien l'éternité, même.*

Charles toussa.

– Rappelle-toi que l'âge est une illusion chez nous, Trinity. Tu commences à raisonner comme une sang-rouge. Plus tôt ils s'uniront, plus forts ils seront. Portons un toast. Aux jumeaux.

– À nous ! proclama Mimi d'un air triomphant en faisant tinter son verre contre celui de Jack.

Le cristal rendit un son de cloche fort et grave.

– Aux jumeaux, murmura Theodora.

Elle trempa ses lèvres dans son vin mais ne parvint pas à l'avaler.

Plus tard dans la nuit, en rêvant, Theodora reçut un message de Lawrence. Il lui avait expliqué que les émissions passaient mieux en état de rêve. Ce n'était pas aussi perturbant pour les sens, et dans le sommeil son esprit n'était pas distrait.

« Corcovado sécurisé. Tout va bien. »

Vingt et un

Engager Lizbet Tilton était la meilleure décision qu'elle ait pu prendre, pensa Mimi en se félicitant pour sa jugeote. Lizbet connaissait son affaire, et dans les plus brefs délais les lieux étaient réservés aux dates voulues, les contrats rédigés, les budgets bouclés et les dépôts de garantie réglés. Plus tôt dans l'après-midi, Trinity et Mimi avaient choisi les couleurs et les menus avec le décorateur et le traiteur. Tout était réglé comme une horloge ; pourtant, à voir le comportement de Jack, on aurait pu croire que c'était l'horloge de la fatalité.

– Tu sais de quoi il s'agit ? demanda-t-il en retrouvant Mimi dans le boudoir de Trinity le lendemain soir.

Leur « mère » – Mimi visualisait toujours ce mot entre guillemets, Trinity n'étant pas plus leur mère que Jack n'était son frère – avait exigé leur présence avant le dîner. Elle avait laissé entendre qu'elle avait quelque chose d'important à leur dire sur leur union.

– Je m'en doute un peu.

Mimi sourit. Elle ébouriffa les cheveux de Jack, qui en retour posa une main sur sa taille et l'attira contre lui. Ils avaient

149

toujours été affectueux l'un envers l'autre et, même consciente de sa duplicité persistante, elle était incapable de durcir son cœur contre lui. Jack n'avait pas vraiment accepté de s'unir si tôt dans le cycle, mais d'un autre côté il n'avait rien fait pour arrêter les choses non plus.

Peut-être que son flirt avec Theodora n'était rien de plus que cela. Jack l'utilisait simplement comme un amusement. Un petit supplément. Mimi comprenait tout à fait. Elle s'était trouvé un nouveau familier savoureux, et en avait eu un appétit si vorace qu'elle avait failli tuer ce garçon l'autre jour. Mais il s'en tirerait : un peu de repos et une semaine loin d'une certaine vampire blonde, et tout irait bien.

Mimi promena autour d'elle un regard approbateur. Le bureau de Trinity était connu, dans sa clique, pour être le plus luxueux et le plus parfait. Des portraits en pied d'aristocrates des XVIIIe et XIXe siècles par Élisabeth Vigée-Lebrun et Winterhalter étaient accrochés aux murs. Il y avait un piano Érard dans un coin : celui-là même sur lequel Chopin composait ses études. Le bonheur-du-jour, une petite table à écrire élégante où Trinity rédigeait ses cartes de remerciements (« Bravo ! » était son exhortation habituelle après un dîner chez des amis), avait été commandé à l'origine pour le Grand Trianon.

Mimi décida que lorsqu'elle toucherait son gigantesque héritage, Jack et elle achèteraient leur propre logement au 740 Park Avenue et qu'elle prendrait le même décorateur.

Quelques minutes plus tard, Trinity entra dans la pièce en apportant avec elle deux longues boîtes en ébène incrustées de filigrane d'or. Les sens de Mimi se mirent en alerte, ses souvenirs affluèrent, et soudain elle sut pourquoi ils étaient là.

– Mais où est Charles ? s'écria-t-elle. On ne peut pas faire ça sans lui, si ?

– J'ai essayé, ma chérie. Mais il refuse de quitter son bureau. C'est bien simple, il est...

Trinity haussa imperceptiblement les épaules. Mimi comprit que sa mère se raccrochait à un protocole rigide. Quelle que soit sa détresse face à l'état de son mari, elle ne l'admettrait jamais et ne montrerait jamais aucun signe d'exaspération. C'était une femme qui, fondamentalement, n'était pas équipée pour faire une scène.

La détérioration de Charles depuis qu'il avait perdu son titre de *Rex* à l'Assemblée était une chose dont les Force ne parlaient jamais. Ils étaient déroutés, déconcertés, mais il n'y avait rien à y faire. Ils se disaient que Charles se réveillerait simplement un de ces jours. En attendant, la société et toutes ses filiales étaient dirigées par un conseil de direction hautement efficace, qui avait cessé d'appeler pour savoir si le directeur et fondateur reviendrait jamais assister à une réunion.

– Ce n'est pas grave, assura Jack à sa jumelle.

Lui aussi savait ce qui se préparait, et il était incapable de cacher l'excitation dans sa voix.

– On peut se passer de lui.

– Tu es sûr ? lui demanda Mimi d'un air déçu. Mais sans la bénédiction de l'Archange...

– Elles seront tout aussi fatales, l'apaisa Jack. Rien ne peut altérer leur puissance. Leur pouvoir vient de nous deux. (Il fit un signe de tête à Trinity.) Commençons-nous, mère ?

En réponse, Trinity inclina la tête.

– C'est un honneur pour moi d'exécuter le rite.

Elle ferma silencieusement la porte et tamisa les lumières.

151

Les boîtes, sur la table basse, irradiaient d'une lueur douce et brumeuse.

– Je regrette d'avoir hâtivement critiqué la précipitation de votre union. J'ai eu tort, pardonnez-moi. C'est peut-être simplement que je suis triste de ne plus pouvoir moi-même m'unir à mon jumeau.

Mimi connaissait son histoire. Trinity était Sandalphon, l'ange du Silence. Elle avait perdu son jumeau sous les coups des sang-d'argent à la bataille de Rome. Trinity n'avait épousé Charles que dans le sens où l'entendent les sang-rouge, lorsque sa jumelle, Allegra, avait brisé leur lien. C'était un mariage de convenance, rien de plus. Trinity pleurait encore l'ange Salgiel disparu.

Elle ouvrit les boîtes. Celles-ci servaient d'écrin à deux épées au fourreau serti de pierres précieuses. Des épées qu'ils porteraient sous leurs vêtements lors de l'union. Des épées qu'ils seraient désormais autorisés à utiliser dans le combat contre le Croatan.

Elle prit la première épée, toujours rangée dans son fourreau, et se tourna vers Jack.

– À genoux, Abbadon.

Jack se leva de son siège et s'approcha de Trinity. Il s'agenouilla devant elle, la tête profondément inclinée.

Trinity leva l'épée au-dessus de sa propre tête.

– En vertu de l'autorité qui m'est conférée par les Cieux, moi, Sandalphon, je t'accorde tous les droits et privilèges inhérents au propriétaire véritable de l'*Eversor orbis*.

Le Brise-monde.

Puis elle toucha l'épaule droite et l'épaule gauche de Jack avec l'épée.

– Relève-toi, Abbadon des Ténèbres.

Jack se releva gravement en acceptant son épée. Trinity eut un sourire empreint de fierté. Puis elle pivota vers Mimi.

– À genoux, Azraël.

Il fallut à Mimi un petit moment pour se mettre en position, à cause de ses hauts talons. Trinity prit la seconde épée et, une fois de plus, la leva au-dessus de sa tête.

– En vertu de l'autorité qui m'est conférée par les Cieux, moi, Sandalphon, je t'accorde tous les droits et privilèges inhérents au propriétaire véritable de l'*Eversor lumen*.

Le Brise-lumière.

Mimi sentit l'épée lui toucher légèrement les deux épaules. Puis elle se remit debout avec un grand sourire. Elle se tourna vers Jack, qui hocha le menton. Ensemble, les jumeaux tirèrent les épées de leur fourreau et les pointèrent vers le ciel, vers les Cieux.

– Nous acceptons ces armes de droit divin. Forgées au paradis, trempées sur Terre, elles nous assisteront dans notre quête de la Rédemption.

Trinity se joignit à eux pour achever la Litanie des épées.

– Ne les tirez qu'en cas d'extrême nécessité.

– Cachez-les à vos adversaires.

– Ne frappez que pour tuer.

Ils s'étaient vu remettre leurs épées avant toutes leurs unions, au fil des siècles ; mais elles n'étaient pas vraiment sorties de leur fourreau depuis des millénaires. Les sang-d'argent avaient été vaincus, c'était du moins ce que l'on avait cru. Mimi contempla, émerveillée, l'arme brillante qu'elle tenait à la main. Son poids et le tranchant de sa lame lui revenaient à la mémoire. La terreur qu'elle avait inspirée à ses ennemis lui revenait aussi.

Elle remarqua qu'Abbadon tenait la sienne avec délicatesse, avec amour. L'épée était une extension de soi. Unique, irremplaçable, inoubliable. Les épées des vampires changeaient de forme, de couleur et de taille. Au besoin, elles pouvaient devenir larges comme une hache ou fines comme une épingle.

À la cérémonie de l'union, elle la porterait sur la hanche, sous les jupons de soie qui donneraient forme à sa jupe.

Trinity remonta l'éclairage au maximum.

– Eh bien, voilà.

Elle hocha la tête comme s'ils venaient d'avoir une conversation sur un petit sujet trivial et non d'accomplir quelque chose de merveilleux, propre à bouleverser une vie. Dans la lumière de l'après-midi, au son des taxis qui sillonnaient les avenues et des « bip-bip » métalliques du fax de Trinity (qui recevait encore une coupure de presse dans laquelle elle était citée), on avait peine à imaginer un monde plein de dangers primitifs et cachés. On voyait difficilement comment concilier l'univers des messageries instantanées et des chaînes d'infos en continu avec celui de l'acier et du sang.

C'était pourtant ce que faisait leur peuple : il évoluait, il s'adaptait, il survivait.

– Plutôt classe, tout ça, hein ? commenta Jack alors qu'ils prenaient congé de leur mère pour s'en aller chacun de son côté.

– Tu m'étonnes, acquiesça Mimi qui serrait sa boîte en ébène sous son bras.

Elle monta en courant dans sa chambre et la fourra au fond de son armoire, derrière un porte-chaussures.

Elle était en retard pour son cours de Pilates. Si elle voulait être la plus belle mariée que l'Assemblée eût jamais vue, elle avait intérêt à traîner ses fesses jusqu'au studio de son entraîneur, et sans tarder. Elle avait des bras à sculpter.

Le 9 mai 1993

Cher Forsyth,

Comme vous le savez, j'ai toujours profondément apprécié votre loyauté et votre amitié indéfectibles envers la famille Van Alen. Je suis peinée de notre brouille récente, consécutive à votre décision de briguer et d'assumer un mandat public sang-rouge en violation directe du Code. Je ne suis pas convaincue que vous ayez fait le bon choix, néanmoins je le respecte.

Je vous écris pour vous conjurer de revenir sur votre décision de fermer votre famille au nouvel esprit de la Vigie.

J'insiste ardemment pour que vous y réfléchissiez encore. Nous avons plus que jamais besoin de vigilance, et de la sagesse de la Vigie pour nous guider sur le chemin. Je crains que Charles et son arrogance ne parviennent qu'à entraîner la perte de notre peuple.

Forsyth, je fais appel à vous en toute amitié. Prenez la Vigie dans votre famille. En guise de protection contre les forces des Ténèbres.

Votre amie,
Cordelia Van Alen

Le centre résidentiel de traitement Transitions était installé sur un vaste campus aux bâtiments multiples, dans le nord de l'État de New York. Oliver avait proposé à Bliss et à Theodora de les y conduire, puisqu'il venait de décrocher le permis ainsi qu'une Mercedes G500 toute neuve. Le 4x4 cubique gris métallisé, fabriqué sur commande, était sa toute dernière source de fierté.

Theodora était contente d'échapper au quotidien. Elle culpabilisait de ce qui était arrivé à Dylan, du fait qu'ils l'aient laissé tomber en négligeant d'alerter tout de suite le Conclave sur son état. Avec un peu de chance, les Aînés sauraient rattraper le coup. Bliss disait que son père l'avait rassurée : il n'arriverait aucun mal à Dylan entre leurs mains et il recevrait le meilleur traitement possible ; mais elle voulait le voir de ses yeux, comme eux tous.

Sur la banquette arrière, Bliss oscillait entre l'abattement et un enthousiasme un peu trop fébrile, comme le remarqua Theodora. Elle était morose et silencieuse lorsqu'ils étaient partis, sans doute inquiète au sujet de Dylan et de l'état dans lequel ils le trouveraient, et Theodora fut heureuse de la voir s'animer alors qu'ils sortaient de la ville et se mettre à jacasser avec ardeur à propos du GPS.

– Qui veut des M&M's ? proposa-t-elle en se penchant pour leur tendre un gros sachet jaune ouvert.

– Non merci, dit Oliver, les yeux sur la route.

– Merci, accepta Theodora.

Il était amusant de voir que le Comité ne pouvait pas tout prévoir : même s'ils étaient des vampires, ils n'avaient pas perdu le goût des friandises.

C'était agréable aussi de s'éloigner de Duchesne, ne fût-ce que pour une journée. Tout le monde au lycée connaissait déjà tous les détails de la prochaine union de Mimi et Jack : on ne parlait que de cela (du moins les sang-bleu). Les autres croyaient juste que les Force donnaient une fête fabuleuse où ils n'étaient pas invités, une fois de plus, et d'une certaine manière ils n'avaient pas tort. Theodora n'en pouvait plus d'entendre des commentaires sur la robe de Mimi et des comparaisons avec toutes les unions passées de leur histoire commune. Piper Crandall ne perdait pas une occasion de rappeler à tous qu'elle avait déjà été trois fois la demoiselle d'honneur de Mimi.

L'idée que Jack et Mimi avaient déjà passé ensemble une somme de temps inconcevable était déprimante. C'était à peine si elle pouvait y croire, et comme elle n'avait pas envie d'y penser en ce moment, elle s'occupait en jouant avec tous les boutons de l'ordinateur de bord flambant neuf.

– Purée, c'est un peu le char d'assaut le plus luxueux du monde, plaisanta-t-elle. Regarde ça ! C'est le bouton pour lancer les M15.

– Fais gaffe, là c'est le bouton rouge pour anéantir la planète, répondit Oliver sur le même ton, tout en suivant les instructions délivrées par la voix de robot du GPS et en engageant le véhicule sur le pont George-Washington.

La circulation était fluide sur l'autoroute.

C'était la première fois de tout le semestre qu'ils séchaient les cours. Les élèves de Duchesne avaient droit à plusieurs absences par an ; le lycée était tellement à la pointe que même la rébellion était inscrite au programme. Certains élèves, comme Mimi Force, poussaient cette disposition jusqu'à ses limites, mais la plupart n'en profitaient même pas. L'établissement était plein de bosseurs ambitieux qui préféraient aller en cours plutôt que gâcher leurs chances d'intégrer une fac de la prestigieuse Ivy League. Chaque jour comptait.

– Les filles, vous vous rendez compte que tout ça risque de me coûter mes évaluations de fin d'année ? rouspéta Oliver tout en regardant par-dessus son épaule pour déboîter et doubler une Honda qui se traînait en dessous de la limite de vitesse.

– Détends-toi, pour une fois, d'accord ? le contra Theodora. Tous les terminales sèchent depuis qu'ils ont reçu leur admission en fac.

Oliver pouvait être terriblement rabat-joie à ses heures. Toujours à suivre les règles. Quand il était question des études, c'était un vrai fayot.

– Mais oui, de toute manière, chez vous on entre à Harvard de père en fils, non ? lui demanda Bliss.

– Ça fait drôle de penser à la fac, vous ne trouvez pas ? médita Theodora.

– Je vois ce que tu veux dire. Avant qu'on ait appris la vérité sur le Comité, je pensais aller à Vassar, vous voyez ? dit Bliss. Pour passer un diplôme d'histoire de l'art, quelque chose comme ça. Je me voyais assez bien étudier la Renaissance nordique et puis me trouver un boulot dans un musée ou une galerie.

– Comment ça, « tu te voyais bien » ? lui demanda Theodora.

– Tu ne penses plus que c'est ce qui va t'arriver ? ajouta Oliver en zappant entre les stations de radio.

Amy Winehouse chantait qu'elle ne voulait pas aller en *rehab* (« *No ! No ! No !* »). Theodora croisa le regard d'Oliver et ils échangèrent un sourire.

– Oh là là ! C'est vraiment pas drôle, les gronda Bliss. Éteignez ou mettez autre chose. Je ne sais pas. Je me dis que je n'irai pas en fac. Parfois, j'ai l'impression de ne pas avoir d'avenir, dit-elle en tortillant son pendentif.

– Oh, arrête un peu, dit Theodora en se retournant pour lui parler directement pendant qu'Oliver trouvait quelque chose de plus indiqué sur la radio par satellite. Bien sûr que tu iras en fac. Comme nous tous.

– Tu le crois vraiment ? demanda Bliss avec l'air de reprendre espoir.

– Absolument.

La conversation languit et s'éteignit au bout de quelques minutes, et Bliss s'assoupit. Sur le siège avant, Theodora choisissait la musique, Oliver la laissant jouer les DJ pour cette fois.

– Tu aimes bien cette chanson ? lui demanda-t-il lorsqu'elle s'arrêta sur une station qui passait un air de Rufus Wainwright.

– Pas toi ? répondit-elle avec la sensation d'avoir été prise la main dans le sac.

160

C'était la chanson que Jack et elle mettaient toujours. Elle avait cru pouvoir l'écouter dans la voiture sans se faire remarquer. Oliver était assez porté sur les mélodies tragiques. Elle aimait à le taquiner sur ses goûts en disant qu'il appréciait « la musique à se tirer une balle ».

– Tu t'attendais à ce que j'aime, hein ? Eh ben, non.

– Pourquoi ?

Oliver haussa les épaules en la regardant de biais.

– Je ne sais pas, c'est trop... pleurnichard, quelque chose comme ça. Beurk.

– Ah bon ? Pleurnichard, tu trouves ?

Il eut un nouveau haussement d'épaules.

– Je ne sais pas, je trouve juste que l'amour ne devrait pas être si... tourmenté, tu vois ? Je veux dire, une histoire qui va bien, ça ne doit pas être si torturé.

– Je vois, dit Theodora en se demandant si elle ne ferait pas mieux de changer de station.

Elle se sentait un peu traître d'écouter une chanson qui lui rappelait un autre garçon.

– Tu n'es vraiment pas un grand romantique.

– Mais si, tout à fait.

– Mais tu n'as jamais aimé quelqu'un.

– Tu sais que c'est faux.

Theodora garda le silence. Ce mois-ci, ils avaient accompli la *Caerimonia* deux fois. Elle savait qu'elle aurait dû prendre d'autres familiers – on conseillait aux vampires d'avoir un roulement d'humains pour ne pas les épuiser – mais elle avait réussi à tenir plus longtemps que prévu sans se nourrir. Et elle avait résisté à la tentation de prendre d'autres humains, sachant qu'Oliver n'apprécierait sans doute pas.

Mais Theodora n'avait pas envie de penser à leur amour-amitié-relation mal définie. Après la tirade passionnée d'Oliver à l'*Odeon*, ce n'était pas revenu sur le tapis. Elle souhaitait alléger la tension qu'elle commençait à sentir monter dans la voiture.

– Je parie que tu ne pourrais même pas me citer un film romantique que tu aimes, le taquina-t-elle.

Elle se sentit contente d'elle en voyant qu'au bout de quelques minutes Oliver était toujours incapable de citer un film romantique qu'il pouvait avouer avoir apprécié.

– *L'Empire contre-attaque*, finit-il par déclarer tout en klaxonnant une Prius qui franchissait la ligne blanche.

– *L'Empire contre-attaque* ? Le film de *Star Wars* ? Ce n'est pas romantique ! protesta Theodora en tripotant les boutons de la clim.

– Au contraire, ma chère, c'est très romantique. Dans la dernière scène, tu sais, quand ils sont sur le point de jeter Yan Solo dans cette espèce de chambre cryogénique réfrigérée, là ? Tu te rappelles ?

– Hm-mmm, fit Theodora.

– Et que Leia se penche par-dessus la rambarde et lui dit : « Je t'aime. »

– Ça, c'est kitsch, pas romantique, argua Theodora, même si en fait elle aimait bien ce passage.

– Que je t'explique. Ce qui est romantique, c'est ce que Yan lui répond. Tu te souviens de ce qu'il lui dit ? Une fois qu'elle lui a dit : « Je t'aime » ?

Theodora eut un grand sourire. Oliver n'avait peut-être pas tort.

– Yan Solo dit : « Je sais. »

– Exactement, fit Oliver en tapant sur le volant. Il n'a pas besoin de dire une chose aussi banale que « Je t'aime ». Parce que ça va sans dire. Et c'est *ça* qui est romantique.

Pour une fois, Theodora dut admettre qu'il avait raison.

VINGT-TROIS

Q uand Bliss se réveilla de sa sieste, Oliver et Theodora échangeaient des propos acerbes à l'avant.

– Allons bon, pourquoi vous vous disputez ? demanda-t-elle en se frottant les yeux.

– Pour rien, répondirent-ils en chœur.

Bliss accepta leur réticence sans poser de questions. Tous les deux lui cachaient toujours des choses, même sans le vouloir.

– Bon d'accord, arrêtons-nous pour déjeuner, concéda finalement Theodora.

Ah, c'était donc ça le problème. Ces deux-là se disputaient à tout bout de champ. Ça avait empiré depuis qu'Oliver était le familier de Theodora. Ils se comportaient encore plus qu'avant comme un vieux couple. En surface, au moins, ils faisaient comme si leur amitié était inchangée. Ce qui arrangeait Bliss : elle n'était pas sûre qu'elle aurait supporté de les voir se câliner en public.

– Tout ce que je dis, moi, c'est que ce n'est pas en arrivant affamés qu'on rendra service à Dylan, grogna Oliver en haussant les épaules.

Ils se garèrent sur une aire de repos et se joignirent aux voyageurs fatigués devant les distributeurs et les présentoirs de nourriture.

Oliver fit remarquer que les jeunes citadins avaient la particularité d'être tous accros aux chaînes de fast-food de banlieue. Alors qu'aucun d'entre eux n'aurait imaginé d'aller au McDo à Manhattan – ces lieux n'étant ni plus ni moins que des abris de substitution pour SDF –, une fois franchies les limites de la ville, les règles changeaient et tout le monde se fichait bien d'absorber des paninis hors de prix et de précieuses salades vertes bio. Envoyez les menus géants.

– Bon Dieu, j'ai mal au cœur, dit Bliss en aspirant la fin de son milk-shake.

– Je crois que je vais vomir, déclara Oliver en froissant l'emballage de son hamburger graisseux avant de s'essuyer les mains sur plusieurs serviettes en papier.

– C'est toujours marrant de manger ces trucs. Mais après... approuva Theodora, même si elle continuait à picorer dans les frites.

– Après, on a toujours l'impression qu'on va gerber. Ou qu'on explose tous les records de cholestérol, observa Bliss en faisant la grimace.

Ils remontèrent dans la voiture en silence et subirent l'effet soporifique de leur lourd repas. Une demi-heure plus tard, le GPS se mit à beugler : « SORTIE À DROITE À CINQ CENTS MÈTRES. » Oliver suivit les panneaux, gravit la rampe et prit la route jusqu'à un parking.

Ils étaient arrivés.

L'enceinte du centre de désintoxication était impeccable. Cela ressemblait plus à un complexe hôtelier cinq étoiles, où

166

les célébrités venaient se cacher après un week-end d'excès, qu'à un centre de traitement haut de gamme pour vampires en galère. Ils virent un groupe faire du taï-chi sur la pelouse, quelques autres prenant des poses de yoga, et des gens assis en rond sur l'herbe.

– Thérapie de groupe, chuchota Bliss tandis qu'ils s'avançaient vers la porte du bâtiment principal. J'ai demandé à Honor comment c'était ici, et elle m'a dit qu'il y avait beaucoup de thérapies par la régression dans les vies antérieures.

Ils furent accueillis à l'entrée par une femme mince et bronzée en tee-shirt et pantalon blancs. L'effet était moins clinique que tendance, plutôt comme dans un ashram New Age.

– Que puis-je faire pour vous ? leur demanda la femme d'un air affable.

– Nous sommes venus voir un ami, dit Bliss, promue *de facto* porte-parole du trio.

– Son nom ?

– Dylan Ward.

L'hôtesse consulta l'ordinateur et hocha la tête.

– Avez-vous un permis de visite du sénateur pour ce patient ?

– Euh, je suis sa fille, dit Bliss en montrant à la femme sa carte d'identité.

– Très bien. Il est dans le campus nord, dans un pavillon privatif. Suivez l'allée en sortant, vous verrez les panneaux.

Elle leur tendit des autocollants visiteurs.

– Les visites ont lieu jusqu'à quatre heures. Le café se trouve dans le bâtiment principal. C'est la journée internationale... je crois que c'est vietnamien, aujourd'hui. Vous aimez la soupe phó ?

167

– Nous avons déjà mangé, dit Oliver, et Bliss crut déceler l'ombre d'un sourire dans ses paroles. Mais merci.

– Ça a l'air pas mal, ici, dit Theodora alors qu'ils traversaient les espaces verts.

– Il est vrai que le Comité travaille bien, je dois le reconnaître. Rien que le meilleur pour les vamps.

Oliver hocha la tête et chaussa une paire de lunettes noires.

Bliss n'en revenait pas que tout soit si calme et organisé. Et c'était là qu'on envoyait les sang-bleu ? Peut-être s'était-elle trompée en cachant Dylan pendant si longtemps. Peut-être qu'on pouvait réellement l'aider ici. Elle commençait à se sentir moins tendue, plus optimiste. Plusieurs patients agitèrent la main en les voyant passer.

La chambre de Dylan se trouvait dans l'un des plus jolis pavillons, avec une barrière blanche et des rosiers grimpants autour des fenêtres. Une infirmière était assise dans le vestibule.

– Il dort. Mais je vais aller voir s'il peut recevoir de la visite, leur dit-elle.

Elle disparut dans la chambre principale et ils l'entendirent parler à Dylan d'une voix douce et calme.

– Il est prêt à vous voir.

L'infirmière sourit et les invita à entrer.

Bliss souffla sans se rendre compte qu'elle avait retenu sa respiration pendant tout ce temps. Dylan avait bien meilleure mine, en effet. Il était assis dans son lit, les joues colorées, et il n'était plus si maigre ni hagard. Ses cheveux noirs avaient été coupés de manière à ne plus retomber en mèches ternes sur son visage, et il était rasé de près. Il ressemblait presque à

168

l'ancien Dylan, le garçon qui jouait de l'*air guitar* pendant la messe pour embêter les professeurs.

– Dylan ! Dieu merci ! s'écria-t-elle.

Elle était heureuse de le voir en si bonne santé.

Il lui sourit aimablement.

– On se connaît ? lui demanda-t-il.

VINGT-QUATRE

– Le passé peut parfois nous aveugler sur ce qui se produit aujourd'hui, commença la Sentinelle en chef. C'est pourquoi nous sommes restés si longtemps dans le déni à propos des sang-d'argent. Parce que notre passé nous disait qu'ils n'étaient plus une menace. Parce que le passé nous avait aveuglés sur leur existence. Nous avions oublié à quoi ressemblaient les premiers jours de notre histoire. Nous avions oublié la Grande Guerre. Oublié nos ennemis. Nous étions devenus faibles et contents de nous. Nous nous gorgions de sang rouge et devenions gras, paresseux et ignorants.

C'est bien joli de dire ça quand votre veste menace de craquer au niveau des boutons, pensa Theodora. C'était encore un lundi. Encore une réunion du Comité. Et fastidieuse avec ça, car ils ne s'exerceraient pas à la *mutatio* aujourd'hui.

Assis à côté d'elle, Bliss et Oliver avaient l'air de s'ennuyer autant qu'elle. La visite au centre Transitions les avait tous profondément perturbés, surtout Bliss. Theodora ne savait pas ce qu'ils s'étaient attendus à trouver, mais certainement pas la mémoire et la personnalité de Dylan entièrement effacées.

D'accord, Dylan ne menaçait plus de les assommer d'un coup mental ou de se mettre à les traiter de laquais de Satan en crachant, mais il ne se ressemblait plus du tout non plus. On aurait dit une toute nouvelle personne. Il était aimable, plaisant, et totalement fade.

Aucun de ses médecins n'était là pour répondre aux questions, et l'infirmière n'avait rien voulu leur dire sinon que Dylan, pour autant qu'elle le sache, allait « bien ». Il se rendait consciencieusement à toutes les séances de thérapie et faisait des « progrès ».

Theodora savait que Bliss s'en voulait, mais ils ne pouvaient rien y faire. Aucun d'entre eux n'avait le moindre début de solution pour réparer ce qui était arrivé à Dylan. Elle s'était efforcée de la consoler autant qu'elle le pouvait. Elle savait comme elle se serait sentie mal si elle avait vu Jack dans cet état, s'il l'avait regardée comme une parfaite inconnue. Et pourtant, c'était exactement ce qui se passerait une fois qu'il serait uni à Mimi. Il oublierait complètement Theodora, oublierait ce qu'ils signifiaient l'un pour l'autre.

Theodora essayait de s'intéresser aux propos de la Sentinelle Oelrich. C'étaient des informations importantes, mais elle n'avait pas la patience, là. Les jumeaux Force étaient assis juste devant elle. Elle les avait regardés entrer ensemble et leur en avait voulu en voyant Jack rire de quelque chose que lui disait sa sœur.

Mais bien sûr, il était obligé de faire semblant. L'atmosphère était survoltée à l'hôtel particulier, à cause des préparatifs de l'union. Des paquets variés arrivaient chaque jour, et toutes sortes de gens se présentaient à la porte. L'organisatrice d'unions de Mimi, Lizbet Tilton, avait débarqué avec une escouade de photographes, de stylistes, de fleuristes et d'« artistes en paysages sonores » (ses termes exacts pour désigner le DJ qui devait prendre le relais après le départ de l'orchestre à deux heures du matin) pour obtenir la validation de Mimi.

Le seul fait de les entendre parler de la soirée rendait Theodora malade. Non seulement parce que la soirée en question lui enlèverait Jack à jamais, mais aussi parce qu'à voir l'attitude de Mimi on aurait pu croire que personne ne s'était jamais uni avant elle. La cérémonie à venir avait au moins un avantage : Mimi était tellement occupée que les petits larcins et les farces malveillantes avaient enfin cessé.

Parfois, Jack lui manquait tellement qu'elle ressentait dans son ventre un vide douloureux qui semblait ne jamais pouvoir être comblé. Elle se lamentait qu'il soit obligé de cacher ses sentiments pour elle. Elle devait sans cesse se répéter que tout cela était du cinéma, mais parfois son indifférence semblait si réelle qu'elle avait du mal à se consoler avec les souvenirs de leurs tête-à-tête. Elle avait de temps en temps l'impression que ses souvenirs n'étaient que des fantasmes, surtout quand elle le croisait dans les couloirs du lycée, ou lorsqu'il remarquait à peine sa présence sous son propre toit...

Tout cela jusqu'au moment où un nouveau livre était glissé sous sa porte, signalant qu'ils pouvaient se voir sans danger. Le dernier en date était un mince volume de poésie. John Donne. Ce soir-là, elle avait souri et l'avait taquiné sur ses goûts vieux jeu. Il lui avait demandé quel genre de poésie elle préférait, et elle le lui avait dit.

Sur l'estrade, Edmund Oelrich poursuivait sa conférence.

– L'une des astuces du Croatan est d'avoir recours à l'illusion pour manipuler ses adversaires. Évitez de tomber dans les pièges visuels. Vous devez employer votre vision intérieure pour distinguer ce que vous avez réellement devant les yeux. Utilisez l'*animadverto* et vos souvenirs de vies passées pour prendre vos décisions en toute connaissance de cause.

Il demanda à Mimi de faire passer des listes de lecture pour la semaine. Mimi sillonna la pièce d'un pas glissant pour distribuer les feuilles agrafées. En arrivant à la table de Theodora, elle fit tomber exprès tous ses livres par terre.

– Oups ! dit-elle d'un air ingénu.

Theodora ramassa ses livres en fronçant les sourcils. Elle avait assez vu Mimi pour toute l'éternité. Elle se demandait comment les autres vampires la supportaient. Si elle devait passer le reste de ses vies à en découdre avec cette chienne, elle préférait nettement que les sang-d'argent l'emportent.

Elle fulminait encore en parcourant la liste des ouvrages recommandés. Puis ses yeux s'agrandirent. Tout en haut de la page, elle lut : *Histoire de l'union vampirique.*

Plusieurs membres de l'assemblée eurent des ricanements émoustillés et gênés, et Theodora se surprit à rougir. Elle remarqua qu'Oliver feuilletait le document d'un air concentré tandis que Bliss gribouillait dans les marges.

La Sentinelle en chef se racla la gorge avant de s'adresser de nouveau à son auditoire.

– Je veux vous parler aujourd'hui des vampires gémellaires. À votre âge, c'est un sujet qui suscite beaucoup d'intérêt, et je souhaitais achever cette réunion sur une note plaisante. Vous connaissez tous le lien. Chacun d'entre nous a quelque part une âme jumelle, qui s'est formée dans notre passé céleste. Au fil des siècles, nous passons nos cycles à chercher notre jumeau afin de renouveler l'union dans une nouvelle vie.

Theodora devint blanche comme un linge en écoutant les paroles de la Sentinelle.

– Il nous est parfois difficile de reconnaître notre âme jumelle dans une enveloppe physique différente. Ou bien, dans certains cas isolés, notre jumeau n'est pas rappelé dans le même cycle que nous, et ce de manière répétée, si bien qu'il se perd dans la nuit des temps. On connaît des histoires d'amants qui se sont cherchés en vain d'une époque à l'autre sans jamais se retrouver.

Pile devant elle, Mimi se mit à masser la nuque de Jack.

– Toutefois, ces cas sont très rares. Comme nous ne sommes que quatre cents, nous n'avons pas grand mal à nous trouver. Ces heureuses retrouvailles donnent généralement lieu à une brève cour suivie d'une présentation au bal des Quatre-Cents. Le lien doit être renouvelé à chaque cycle. Le renouvellement du lien renouvelle aussi la force vitale qui coule dans nos veines. Cela fait partie des mystères de la liturgie.

» Mais c'est sans doute de là que découlent toutes les légendes de ce monde sur l'amour véritable et éternel. Les sang-rouge ont même un terme pour en parler : ils disent l'« âme sœur ». Ils se sont approprié un grand nombre de nos traditions et de nos pratiques. Leur cérémonie nuptiale est directement dérivée de notre communion vampirique.

» Trouver son vampire gémellaire est l'une des phases les plus heureuses et les plus fructueuses d'un cycle. Je sais que plusieurs d'entre vous ont déjà trouvé le leur, et je les en félicite. Le lien fait partie intégrante de nos vies. Il nous nourrit et nous fortifie. Nous sommes incomplets sans notre jumeau ; nous ne sommes que la moitié de nous-mêmes. Ce n'est que lorsque nous le découvrons et nous unissons à lui que nous retrouvons l'intégralité de nos souvenirs et que nous réalisons pleinement notre potentiel.

Theodora n'avait pas besoin d'en entendre ni d'en lire plus. Elle porta le regard sur Mimi et Jack. Elle vit la lumière jouer sur leurs cheveux fins, blond platine, elle vit comme ils étaient beaux, immobiles et lointains lorsqu'ils étaient assis ensemble. Elle vit avec une compréhension nouvelle comme tous deux se complétaient et s'équilibraient en tout : la désinvolture de Mimi allégeait la prudence de Jack, son agressivité était contrôlée par sa maîtrise à lui. Ils étaient deux moitiés de la même personne. Un couple assorti. Theodora sentait confusément qu'il existait une partie de Jack qui lui serait toujours inaccessible ; il y avait en lui une altérité qu'elle ne saurait jamais atteindre.

Elle savait qu'il était rare que des esprits jumelés naissent dans la même famille dans un cycle donné, mais ce n'était pas inédit non plus ; cela posait moins de problèmes dans le passé, au temps où les pharaons et certains empereurs épousaient leurs sœurs.

Pour le cas où cela se produirait à l'ère moderne, il existait un sort destiné à empêcher les sang-rouge de remarquer quoi que ce soit d'anormal. Mimi Force serait toujours Mimi Force après son union, sauf que les sang-rouge en déduiraient que c'était parce qu'elle était la femme de Jack, et non sa sœur. Les souvenirs étaient faciles à modifier, la vérité était malléable.

Theodora vit Jack se tourner vers Mimi avec une expression de douceur. Mimi, pour sa part, était tout simplement rayonnante.

D'un coup, Theodora éprouva une tristesse profonde et amère. C'était inutile de croire qu'elle aurait jamais la

176

moindre chance de partager avec Jack un bonheur réel, durable.

Il devait bien y avoir une solution, pensa-t-elle avec désespoir. Il devait y avoir un moyen de briser le lien et d'être libre d'aimer qui on voulait.

Il y en a un.

Elle sursauta. Pendant un instant elle crut avoir entendu la voix de Jack dans sa tête. Mais cela ne se reproduisit pas. Néanmoins, elle savait que c'était arrivé. Elle ne l'avait pas imaginé. Elle se sentit plus légère, soudain, et plus optimiste.

Il y avait forcément encore de l'espoir pour eux deux.

VINGT-CINQ

Bliss n'avait jamais compris l'attirance de Theodora pour Jack Force et aurait préféré qu'elle renonce à cette histoire. Il n'y avait rien de bon à en attendre. Même si elle était nouvelle au Comité et commençait tout juste à accepter les usages de ses semblables, elle avait tout de suite assimilé une chose : on ne plaisantait pas avec le lien. Le lien, c'était du sérieux. Rien ne séparerait jamais Jack et Mimi ; rien ne devait jamais les séparer. Il était simplement impossible de penser autrement. Bliss trouvait que Theodora avait toujours pris cela trop à la légère, ce qui était curieux de la part d'une fille dont la propre mère était la première de leur race à avoir brisé le lien et à vivre (si on pouvait appeler cela vivre) avec les conséquences de son choix. Mais comme on dit, l'amour est aveugle.

Toutefois, elle s'abstint de toute remarque du type « Je te l'avais bien dit » après la conférence. Bliss n'était pas ce genre d'amie. En quittant la réunion du Comité, elles gardèrent le silence. Oliver avait rapidement pris congé et s'était éclipsé avant même que le signal de la fin soit donné, et Theodora resta boudeuse et mutique sur le trajet de retour chez elle. Bliss ne lui demanda pas si elle retrouvait toujours Jack dans cet appartement en ville – un secret que Theodora lui avait révélé en toute innocence, plusieurs mois plus tôt, en lui parlant de la clé qu'elle avait trouvée, accompagnée d'une adresse, dans un livre glissé derrière sa porte. Le lendemain, lorsqu'elle était arrivée en cours toute rouge et toute rêveuse, Bliss n'avait pas eu besoin d'un dessin pour comprendre.

Elle en voulait à Jack Force. Ce n'était vraiment pas malin de sa part. Il avait accès à la sagesse de son passé, lui, alors que Theodora était un esprit nouveau, aussi sourd, muet et aveugle qu'un sang-rouge, en fait. Il aurait mieux fait de la laisser tranquille.

Lorsqu'elle arriva chez elle, ses deux parents étaient à la maison, ce qui l'étonna. D'habitude, BobiAnne avait son traitement anticellulite à cette heure-là, et Forsyth devait être à Washington pour toute la semaine. Mais elle déposa sa clé dans le vide-poches en argent de la table de l'entrée et s'avança dans le couloir principal, attirée par des exclamations de dispute.

On aurait dit que Forsyth et BobiAnne se criaient dessus. Mais Bliss ne tarda pas à comprendre que c'était simplement son ouïe vampirique qui lui en donnait l'impression. En réalité, ils parlaient à voix basse.

– Tu es sûr que tu l'avais bien mise en sûreté ?

Ça, c'était BobiAnne, sur un ton agité que Bliss ne lui connaissait pas.

– Sûr et certain.

– Je t'avais dit de l'emporter ailleurs...

– Et je t'ai répondu que ce ne serait pas prudent, la coupa Forsyth.

– Mais qui pourrait l'avoir prise ? Qui pourrait *savoir* que nous l'avions ? Il ne s'est même pas rendu compte qu'elle manquait...

Puis il y eut un rire creux.

– Tu as raison. C'est une épave. Il est fini. Tout ce qu'il fait, c'est pleurer et se lamenter sur de vieux albums photo, ou écouter de vieux enregistrements. Trinity est aux cent coups. C'est pitoyable. Aucune chance pour qu'il soit au courant.

– Mais qui, alors ?

– Tu connais mes soupçons.

– Enfin, ce n'est qu'une jeune fille.

– Elle est plus que cela. Tu le sais.

– Mais comment en être sûrs ?

– Impossible.

– À moins...

Leurs voix s'estompèrent, et Bliss gravit le grand escalier sur la pointe des pieds pour rejoindre sa chambre. Elle se demandait de quoi ils pouvaient bien parler. Apparemment, ils avaient perdu quelque chose. Soudain elle pensa brièvement au pendentif qu'elle portait. Elle ne l'avait jamais rendu à son père après la nuit du bal des Quatre-Cents. Mais il ne l'avait jamais redemandé non plus. Il ne pouvait pas s'agir de ce collier, car BobiAnne l'avait vue le porter l'autre jour et lui avait même fait remarquer qu'il allait très bien avec ses yeux.

Elle rangea ses affaires dans sa chambre et consulta son téléphone. Elle avait eu Dylan en tête toute la journée après la visite. Elle n'arrivait pas à croire qu'il ne se souvienne même pas d'elle. Elle ne savait plus si elle devait rire ou pleurer en pensant à lui. Elle retira ses vêtements de lycée pour enfiler quelque chose de plus confortable. Puis elle se rendit à la cuisine, où elle trouva Jordan en train de faire ses devoirs sur le comptoir central.

– Qu'est-ce que t'as ? lui demanda celle-ci en levant les yeux de ses livres.

Cette gosse était toujours la première de sa classe, une distinction à laquelle Bliss n'avait accédé que quand le sang de vampire s'était manifesté.

– Rien, répondit-elle en secouant la tête.

– C'est à cause de ce type, c'est ça ? Ton ami ?

Bliss soupira et fit oui de la tête.

Elle fut soulagée que sa sœur n'insiste pas pour en parler. Au lieu de cela, Jordan cassa en deux sa barre de Toblerone. C'était sa friandise préférée, et elle en faisait des réserves dans sa chambre car BobiAnne ne cessait de la houspiller sur son poids.

– Merci, dit Bliss en prenant une bouchée.

Le chocolat fondait sur la langue, il était sucré et délicieux. Bliss fut touchée. Sa petite sœur avait tenté de la réconforter de la seule manière qu'elle connaissait.

– Je peux faire quelque chose pour t'aider ? lui demanda-t-elle pour lui montrer qu'elle appréciait ce geste attentionné.

– Non non, fit Jordan en secouant la tête. De toute manière t'es nulle en maths.

– Ça, c'est bien vrai ! s'esclaffa Bliss.

Elle dirigea la télécommande vers le petit écran plasma suspendu au-dessus du comptoir.

– Ça ne te dérange pas ? dit-elle tout en zappant.

– Meuh non.

Bliss termina son chocolat et regarda la télévision pendant

que Jordan continuait à travailler sur ses problèmes mathématiques. Quand Forsyth et BobiAnne entrèrent dans la cuisine quelques heures plus tard afin de rameuter la famille pour le dîner, ils trouvèrent les sœurs toujours assises tranquillement ensemble, côte à côte.

Vingt-six

Une réunion extraordinaire du Conclave avait été convoquée en urgence, et en sortant Mimi eut la surprise de trouver Bliss qui l'attendait à l'extérieur.

– Qu'est-ce que tu fais là ? lui demanda-t-elle en passant son sac de sport sur son épaule.

Elle était en pleine séance de deux heures de cardio lorsqu'elle avait dû rejoindre la tour Force. Elle n'avait pas eu le temps de se changer ni de se rendre présentable. Ses cheveux collaient encore à son front moite.

– Forsyth est venu me chercher au lycée, et comme il a reçu la convocation à ce moment-là, il m'a emmenée avec lui, dit Bliss. Qu'est-ce qui s'est passé ?

– Ton père ne t'a rien dit ?

Mimi hésita et se servit de son bracelet éponge pour absorber l'humidité sur sa joue. Elle était particulièrement agacée par Bliss, qu'elle avait toujours considérée comme un faire-valoir et non comme la reine du bal dans le grand tableau général. Et pourtant, les arbitres de la mode de la ville ne semblaient pas se lasser de l'amazone aux cheveux couleur feuille morte. Après l'ouverture du défilé Rolf Morgan, Bliss avait fait plus de campagnes de pub que jamais. Son visage était partout : sur les panneaux publicitaires, sur les taxis. On ne pouvait pas lui échapper.

Mimi pouvait tolérer une accession soudaine à la célébrité et à la gloire – Dieu sait que c'était ce après quoi tout le monde courait à New York –, mais ce qu'elle ne pardonnait pas à Bliss, c'était d'avoir choisi son camp, et le mauvais en plus. Tout le monde au lycée savait que Theodora et elle étaient inséparables. Mimi trouvait humiliant que Bliss, une fille qui n'aurait rien pu être à Duchesne sans sa bénédiction, ait tourné le dos à la clique branchée pour traîner avec le petit groupe des marginaux en haillons.

Elle n'avait pas envie de partager cette information, mais l'occasion de brandir son statut d'initiée au nez de son ancienne amie était irrésistible.

– C'est l'épée de Michel, expliqua-t-elle. La Lame de justice.

– Oui, et alors ?

– Elle a disparu. Charles a convoqué la réunion dès qu'il s'est aperçu qu'il ne l'avait plus.

Mimi, en arrivant au Conclave, avait trouvé son père présidant la réunion en bout de table. Il était furieux. Il était certain qu'elle avait été subtilisée par un membre du Conclave même, et avait ouvert les débats en accusant plusieurs membres de vol.

Bliss promena son regard sur les Aînés, qui quittaient la réunion en petits groupes chuchotants.

– Pourquoi c'est si important ?

– Je rêve. Tu ne te rappelles pas ? C'est l'épée de l'archange, expliqua Mimi. Il n'y en a que deux au monde. C'est Gabrielle

186

– Allegra, tu sais – qui a l'autre, bien sûr, mais personne ne sait où elle est passée depuis qu'elle s'est mise hors circuit. Elle est perdue depuis des dizaines d'années. Mais celle de Charles, celle de Michel... il la gardait dans son bureau, sous un sceau de sang. Quelqu'un est entré par effraction. Elle n'est plus là. Il est persuadé que c'est le Croatan qui l'a.

Le sceau de sang était le système de sécurité le plus puissant de l'arsenal des sang-bleu. Seul le sang d'un archange pouvait ouvrir le coffre. C'était un casse-tête impossible à résoudre. Allegra était dans le coma, et il n'y avait pas d'autre suspect.

– Quel rapport avec les sang-d'argent ? voulut savoir Bliss tout en suçotant le bandage qui couvrait son pouce.

En se réveillant un matin, elle avait constaté qu'il saignait. Bizarre. Peut-être s'était-elle enfoncé une écharde dans son sommeil ?

– Seule une épée d'archange peut tuer un autre archange. Je ne peux pas croire que tu ne saches pas ça, Bliss, la gronda Mimi. Tu n'as pas fait ta lecture ?

– Mais pourquoi est-ce que Charles voudrait tuer Allegra ?

– Pas Allegra. Bon Dieu, il faut vraiment que je te mâche tout ? Si Lucifer est dans les parages... Lucifer, tu vois qui c'est ? Le haut prince des Ténèbres ? Bon, c'est un ancien archange. Cette épée est la seule chose qui puisse le tuer. Les épées de sang-bleu normales – qu'on reçoit avant son union, au fait, tu ne sais pas ça non plus ? –, ces épées ne marchent que contre les sang-d'argent ordinaires. Mais celle de Michel est la seule capable de tuer Lucifer.

– Et elle a disparu.

– Ben ouais. Ça craint. S'il n'a pas réussi à veiller dessus, c'est vraiment qu'il n'assure plus une cacahouète, soupira Mimi.

Son père était en très mauvaise posture. Elle sentait bien que certains membres du Conclave avaient des doutes sur cette « effraction ». Mais pourquoi Charles aurait-il volé sa propre épée ? Croyaient-ils vraiment Michel, le Cœur pur, capable de frayer avec des sang-d'argent ?

Bliss chercha son père des yeux. Forsyth était toujours dans la salle, probablement en pleine conversation avec Charles.

– Alors, qui l'a volée, à ton avis ?

– Ils n'en ont aucune idée ; sauf que Charles a dit que Kingsley était la dernière personne à être allée le voir dans son bureau. Je sais qu'ils n'auraient jamais dû faire confiance à ce minable. En tout cas, l'équipe de Kingsley est *incommunicado* à Rio. Ils n'ont pas pu le joindre par télépathie. Et Lawrence n'a pas donné de nouvelles non plus. C'est le chaos, dit Mimi avec une pointe d'excitation.

– J'espère qu'ils ne pensent pas que Dylan est derrière tout ça. Ce n'est pas possible, dit nerveusement Bliss.

– Qu'est-ce que tu racontes ? Dylan ? Pourquoi lui ? Il n'a pas disparu il y a quelques mois ? C'est de l'histoire ancienne, celui-là, non ?

Mimi se rappelait vaguement une histoire selon laquelle Dylan aurait traversé la vitre de Bliss avant d'être emporté par un sang-d'argent. Bliss avait été inconsolable pendant des jours, et Mimi avait tenté de la réconforter en lui rappelant que le monstre aurait pu l'emporter, elle aussi. Elle avait de la chance d'être encore en vie. Le Conclave avait envoyé une équipe enquêter et tenter de localiser Dylan, mais les *Venator* n'avaient rien trouvé.

– Tu n'es pas au courant ? s'étonna Bliss.

– Au courant de quoi ?

188

– Dylan est revenu et il est en désintox.

– Tu es sûre qu'on parle du même ? Dylan... ton ex le fauché, celui qui a tué Aggie ? Qui s'est fait transformer en sang-d'argent ? demanda agressivement Mimi.

Bliss n'était vraiment pas une flèche. Une fille qui portait encore les robes sacs de la saison dernière en mai ne pouvait être que complètement idiote, à son avis.

– Oui, c'est ça.

– Et pourquoi je serais au courant ?

– Tu sièges au Conclave. Je l'ai livré à Forsyth. Il m'a dit qu'il en parlerait au Conclave, pour que tout le monde puisse prendre une décision. Il m'a dit que c'étaient les Aînés qui avaient décidé de l'envoyer au centre Transitions.

Mimi secoua la tête, l'air mystifié.

– Non. Ton père n'a jamais parlé de ça en réunion. On n'a rien fait de tel.

Elle regarda Bliss comme si cette dernière avait perdu la boule. C'était très curieux que Forsyth cache une chose pareille au Conclave.

– Mais c'est bizarre, pourquoi me mentirait-il ?

– Va savoir. (Mimi observait attentivement Bliss.) Dylan est vraiment de retour ? Tu en es sûre ?

Bliss fit oui de la tête.

– On est allés le voir l'autre jour.

– Emmène-moi auprès de lui. Je ferai savoir à Forsyth que je dois faire un rapport pour le Conclave.

Cordelia,
Je suis sûr que cette coupure de presse vous plaira.
Forsyth L.

The Houston Star

CARNET ROSE

Le député Forsyth Llewellyn et son
épouse, de son nom de jeune fille
Roberta « BobiAnne » Prescott, sont
les heureux parents d'une petite fille.
Jordan Grace Llewellyn est née à
minuit précise le 1er janvier 1994.
Jordan est la seconde fille du député.
La mère et l'enfant se portent bien.

VINGT-SEPT

Comme Mimi voulait s'entretenir avec Dylan sans attendre, elles convinrent d'aller le voir le lendemain, ce qui les obligerait encore à sécher les cours. Cela ne dérangeait pas trop Bliss. Ses notes étaient le cadet de ses soucis en ce moment. Ce soir-là, elle ne demanda pas à son père pourquoi il n'avait pas parlé de Dylan au conclave. Elle était sur ses gardes et ne voulait pas qu'il se doute qu'elle savait qu'il ne lui disait pas tout. Forsyth devait avoir ses raisons, mais elle avait le sentiment qu'il ne voudrait pas s'en ouvrir à elle.

Le lendemain après-midi, elle prépara pour Dylan un pack de soins. Elle ne doutait pas qu'il reçût les meilleurs traitements que l'on pût lui offrir, mais ce n'était pas au centre Transitions qu'il trouverait le dernier CD de rock indépendant ni l'intégrale de la BD *Sandman*. Elle se disait que, peut-être, s'il avait avec lui deux ou trois de ses affaires préférées, cela lui rappellerait qui il était et, par association d'idées, ce qu'elle avait signifié pour lui. Elle se refusait tout simplement à baisser les bras. Elle avait même résolu de cesser de se sentir rejetée à cause de ce qui s'était passé lorsqu'ils avaient commencé à s'embrasser le soir fatal. Peut-être que la réaction paniquée de Dylan avec elle faisait partie de sa maladie, voilà tout.

Jordan passa devant sa porte et jeta un œil dans sa chambre.

– Tu vas encore à Saratoga ?

– Ben oui. Mimi veut aller voir Dylan de la part du Conclave. Et son médecin sera là aujourd'hui. Je vais enfin pouvoir lui demander ce qu'il a, lui expliqua Bliss en pliant un blouson de moto en cuir tout neuf qu'elle avait envoyé sa styliste dénicher chez *Barneys* et en le fourrant dans le sac.

Sa sœur entra et s'assit sur le lit pour regarder Bliss emballer les affaires.

– Dis... je voulais te demander... Tu sais, ces absences que tu avais ?

– Mmm.

Bliss opina tout en décidant de ne pas prendre l'ours en peluche avec un tee-shirt « Guéris vite » qu'elle avait acheté sur un coup de tête dans une carterie. Dylan trouverait ça ringard, c'était certain. Il s'était toujours moqué de toutes les peluches qu'elle avait sur son lit.

– Tu en as toujours ?

Bliss s'arrêta pour réfléchir à la question. Les absences se produisaient quand la réalité était perturbante. Elle s'évanouissait et se réveillait complètement ailleurs, sans aucune idée de la manière dont elle était arrivée là.

– Non. Et il y a des mois que je n'ai pas fait de cauchemar non plus.

– Tant mieux, dit Jordan d'un air soulagé.

Mais Bliss n'avait pas fini de parler.

– On dirait que j'en fais dans la journée maintenant.

Comme l'autre jour... J'ai vu quelque chose de bizarre. Je tenais ma brosse à cheveux et elle s'est transformée en un genre de serpent d'or. Ça m'a fichu une sacrée trouille.

Jordan pâlit.

— Un serpent en or ?

— Ouais. Et une autre fois, en regardant le ciel, j'ai vu un dragon à sept têtes. Ça m'a bien fait flipper.

— Ça t'arrive souvent ?

Bliss haussa les épaules.

— Pas mal. J'ai interrogé papa sur la question. Il m'a répondu que ça faisait...

— ... partie de la transformation, enchaîna Jordan.

— Eh oui.

Bliss finit de faire son sac. Son portable sonna. Mimi était en bas avec la voiture, elle l'attendait. Jordan était encore plantée là, avec une expression bizarre. Elle semblait débattre intérieurement d'une décision.

— Qu'est-ce qu'il y a ? lui demanda Bliss.

— Rien, fit Jordan en secouant la tête. Amuse-toi bien en allant voir ton ami.

Il y avait des mois que Bliss n'avait pas passé du temps avec Mimi, et au début elle crut qu'elles seraient mal à l'aise ensemble, mais c'était oublier à quel point Mimi Force pouvait être nombriliste. Elle bavarda d'un ton léger pendant tout le trajet, parla de tout, depuis sa dernière sélection de familiers humains, qui comprenait les mecs les plus sexy des lycées Collegiate et Horace Mann plus un ou deux étudiants, jusqu'à son projet pour l'été : un stage de chinois intensif en immersion complète à Pékin, car elle voulait parler couramment la langue pour son dossier d'inscription à Stanford l'année suivante.

– C'est marrant, non ? Le chinois est la seule langue que je n'aie pas en mémoire. Hum. Je vais habiter chez Dehua et Deming, tu sais, les jumelles chinoises qu'on a rencontrées au bal des Quatre-Cents, dit-elle avec un petit rire.

Lorsqu'elles arrivèrent au centre Transitions, Dylan était seul dans sa chambre et regardait la télé.

– Salut... Bliss... C'est bien ça ? demanda-t-il en éteignant le poste. Et toi, tu es... ?

– Mimi.

Elle lui jeta un regard perçant.

– Tu es sérieux, tu ne te souviens vraiment pas de nous ?

– Je me souviens d'elle, dit-il un peu timidement. Elle est venue me voir plusieurs fois.

– Je t'ai apporté deux ou trois choses, dit Bliss en brandissant le gros sac de cadeaux.

– Cool, fit-il en fourrageant dans le sac. Et ça, c'est pour quoi faire ? demanda-t-il en sortant le blouson de cuir noir.

Bliss était embarrassée.

– Je... euh... tu en avais un avant...

– Non, c'est... Purée, il est super.

Dylan l'enfila. Il était tout aussi beau dedans qu'avec l'ancien. Il lui sourit, et elle sentit son cœur s'emballer. Il farfouilla dans le sac et en sortit un iPhone.

– Je me suis dit que tu en voulais peut-être un, dit Bliss. J'ai déjà entré mon numéro dedans. J'espère que ça ne t'ennuie pas.

– Bliss, demanda Mimi. Tu pourrais nous laisser seuls un petit moment ? J'aimerais poser quelques questions à Dylan.

– Bien sûr.

Bliss sortit de la chambre. Quelques minutes plus tard, Mimi rouvrit la porte. Elle regarda Bliss avec un mélange de pitié et de mépris.

– Alors ?

– Apparemment, il n'a vraiment plus aucune mémoire, dit Mimi.

– Je te l'avais dit.

– C'est incroyable. On dirait une ardoise totalement effacée.

– Tu dis ça comme si c'était une bonne chose.

Bliss lui jeta un regard noir et rentra dans la chambre.

– Qu'est-ce qu'elle voulait savoir ? demanda-t-elle à Dylan.

Il haussa les épaules.

– Pas grand-chose... juste quelques trucs bizarres... et une histoire de jeans ou je ne sais quoi. Je n'ai pas vraiment compris ce qu'elle cherchait. Je lui ai dit que je ne savais même pas mon nom quand je me suis réveillé.

– Tu ne sais vraiment pas du tout qui je suis ? lui demanda Bliss en s'asseyant à côté de lui sur le lit.

Il baissa les yeux sur la BD qu'il feuilletait et la mit de côté. Puis il tendit le bras pour lui prendre la main. Étonnée, elle le regarda avec crainte... avec espoir...

Dylan plissa le front, puis finit par reprendre la parole.

– Je ne sais pas qui tu es. Mais ce que je sais, c'est que chaque fois que je te vois je me sens mieux.

Bliss pressa sa main et il lui rendit sa pression. Ils restèrent assis très longtemps à se tenir la main. Jusqu'au moment où Mimi frappa à la porte pour informer Bliss que le médecin de Dylan était prêt à les recevoir.

197

Pendant qu'elles se dirigeaient vers le bâtiment principal, Mimi retira ses lunettes noires et observa, les yeux plissés, une silhouette qui approchait du pavillon de Dylan.

– Dis donc, c'est pas Oliver Hazard-Machintruc ?

– Si, dit Bliss.

Oliver l'avait prévenue qu'il irait peut-être voir Dylan après les cours. Apparemment, il venait souvent lui tenir compagnie. Ils jouaient aux échecs ensemble. Dylan avait peut-être perdu la mémoire, mais pas sa capacité à écrabouiller Oliver à ce jeu, d'après ce que leur avait raconté ce dernier.

– Minute. J'ai deux mots à lui dire, dit Mimi en se dirigeant vers lui.

Bliss se demandait de quoi Mimi pouvait bien vouloir parler avec lui. Ils se méprisaient mutuellement. Mais ils étaient trop loin pour qu'elle puisse les entendre.

Toutefois, elle remarqua qu'à son retour, Mimi semblait extrêmement contente d'elle-même, encore plus que d'habitude.

Quant à Oliver, Bliss n'eut pas l'occasion de lui parler. Ce que lui avait dit Mimi l'avait tellement secoué qu'il n'alla pas voir Dylan ce jour-là.

E lle entendit la voiture avant même qu'elle ait tourné au coin de la rue. Un doux ronronnement de moteur qui s'amplifia jusqu'au feulement. Elle se gara dans l'allée derrière l'immeuble de Perry Street. C'était une splendide décapotable Jaguar XKE 1961 gris métallisé, profilée comme une balle de revolver, avec Jack Force au volant.

Theodora se glissa dans la voiture en admirant ses finitions classiques, ses cadrans argentés et ses mécanismes simples à l'ancienne. Jack passa les vitesses et le véhicule fonça sur l'autoroute en rugissant.

Ils n'auraient que quelques heures à passer ensemble, mais cela suffirait ; et en même temps, bien sûr, cela ne suffirait jamais.

Chaque jour, l'union se rapprochait un peu plus.

Elle avait vu passer les invitations, et en avait reçu une ellemême. Cela l'avait d'abord surprise, puis elle avait compris que c'était la manière qu'avait Mimi de la remettre précisément à sa place. L'autre jour, elle avait même entraperçu Mimi dans sa robe d'union. Theodora s'était demandé qui était le dindon de la farce : elle ou la fille en robe blanche. Elles étaient folles toutes les deux d'aimer le même garçon.

C'était encore Jack le plus fou, se dit-elle en le regardant manœuvrer en expert dans la circulation dense. Un pauvre fou. Mais elle l'aimait, Dieu comme elle l'aimait. Elle regrettait seulement qu'ils soient obligés de se cacher, qu'ils ne puissent pas déclarer leur amour au monde entier. L'autre soir, elle lui avait dit qu'elle en avait assez qu'ils se retrouvent toujours au même endroit. L'appartement leur offrait une évasion, mais c'était aussi une prison.

Theodora avait terriblement envie d'aller ailleurs avec lui, même pour une seule nuit. En réponse, Jack lui avait glissé ce matin un mot lui donnant rendez-vous au crépuscule. Elle ne savait pas du tout ce qu'il avait prévu, mais le petit sourire qui jouait à présent au coin de ses lèvres laissait présager une merveilleuse surprise.

Jack traversa le pont qui menait dans le New Jersey. Quelques minutes plus tard, ils pénétraient dans l'aérodrome privé de Teterboro, où un jet les attendait.

– C'est pas vrai !

Theodora éclata de rire et tapa dans ses mains en voyant l'avion.

– Tu m'as dit que tu voulais t'éloigner, dit Jack en souriant. Que penses-tu de Tokyo ? Ou alors Londres ? Séoul ? J'ai envie d'un barbecue. Madrid ? Bruges ? Où aimerais-tu aller ce soir ? Ce soir le monde est à toi, et moi aussi.

Theodora ne lui demanda pas où était Mimi ; elle s'en moquait et ne voulait pas le savoir. Si Jack prenait le risque, elle n'avait pas besoin de poser la question.

– Vienne, décida Theodora. Il y a un tableau là-bas que j'ai toujours voulu voir.

C'était donc cela, être l'un des vampires les plus riches et puissants au monde, pensa-t-elle en suivant Jack dans la Österreichische Galerie, au palais du Belvédère. Le musée n'était pas encore ouvert, mais lorsqu'ils étaient arrivés devant le grand portail de l'entrée un vigile en gants blancs les avait accueillis, et le directeur du musée les guidait à présent jusqu'à la galerie appropriée.

– Est-ce bien ceci que vous cherchiez ? demanda ce dernier en désignant une peinture au milieu de la salle.

– Oui.

Theodora prit sa respiration et regarda Jack pour se rassurer. En réponse, il lui serra fermement la main.

Elle se rapprocha du tableau. Elle avait un poster décoloré de la même image, punaisé au mur de sa chambre. Sa réalité la stupéfia. Les couleurs étaient bien plus vives et charmantes, fraîches et vivantes. Egon Schiele était depuis toujours l'un de ses artistes préférés. Elle avait toujours été attirée par ses portraits : ces lignes noires, lourdes et torturées, les silhouettes émaciées, la tristesse éloquente en couches aussi épaisses que la peinture.

Le tableau, simplement intitulé *L'Étreinte*, représentait un homme et une femme aux corps entremêlés. L'œuvre déployait une énergie féroce, et Theodora avait la sensation de percevoir la connexion intense du couple. Et pourtant, l'image était loin d'être romantique. Elle était lourde de tension, comme si les deux êtres représentés savaient que leur étreinte était la dernière.

L'art de Schiele avait quelque chose de mélancolique ; ce n'était pas du goût de tout le monde. Dans le cours d'histoire de l'art de Theodora, tout le monde s'était entiché du chef-d'œuvre Art nouveau de Gustav Klimt *Le Baiser*. Mais elle trouvait cette peinture trop facile. C'était de la déco pour chambre d'étudiant, typiquement le choix sans risque.

Elle préférait la folie et la tragédie, la solitude et le tourment. Son prof d'histoire de l'art parlait sans cesse du « pouvoir de rédemption et de transformation de l'art » et, debout devant ce tableau, elle comprenait absolument ce que cela signifiait.

Elle ne trouvait pas les mots pour dire ce qu'elle éprouvait. Elle sentait la main de Jack dans la sienne, si fraîche et sèche, et se comptait au nombre des filles les plus chanceuses au monde.

– Et maintenant, on va où ? lui demanda Jack lorsqu'ils sortirent du musée.

– Comme tu veux.

Il arrondit un sourcil.

– Arrêtons-nous dans un café. J'ai comme une envie de *Sachertorte*.

Ils déjeunèrent sur le toit d'un immeuble en regardant la ville autour d'eux. L'un des avantages d'être un vampire, c'est qu'on s'adaptait facilement au décalage horaire – c'était le milieu de la nuit à New York. Theodora n'avait plus besoin d'autant de sommeil qu'avant, et les nuits où elle retrouvait Jack, c'est à peine s'ils dormaient.

– C'est ce que tu voulais ? lui demanda Jack en se penchant par-dessus la petite table branlante pour lui reverser du vin.

– Comment as-tu su ?

Elle sourit en coinçant une mèche de cheveux derrière son

oreille. Il lui avait fait la surprise de l'emmener dans un magnifique appartement propriété de sa famille, un de plus. Les Force avaient plus de biens immobiliers que Theodora n'avait de pulls noirs troués dans sa penderie.

– Allez viens, on redescend, dit Jack en l'entraînant par la main dans l'appartement. Je veux te faire écouter quelque chose.

Le pied-à-terre des Force était situé dans un immeuble construit en 1897, dans le prestigieux IXe arrondissement, avec plafonds voûtés, moulures ornementées et vue magnifique de toutes les fenêtres. Il était vaste et spacieux, mais à la différence de leur domicile new-yorkais somptueusement décoré, ce lieu était sobrement meublé et presque monacal.

– Personne ne vient plus ici depuis des années, depuis que les bals de l'opéra de Vienne ont perdu de leur éclat, lui expliqua Jack.

Il épousseta un lecteur de cassettes Sony d'aspect antédiluvien.

– Écoute ça, dit-il en glissant une cassette à l'intérieur. Je pense que ça te plaira.

Il appuya sur PLAY.

Il y eut un sifflement râpeux. Puis une voix grave et rauque – féminine à n'en pas douter, mais clairement ravagée par des années de tabagisme – se mit à parler.

C'est aussi mon cœur violent qui s'est brisé...

Theodora reconnut les vers.

– C'est elle ? demanda-t-elle avec ravissement. C'est vraiment *elle*, n'est-ce pas ?

Jack acquiesça. C'était bien elle.

– J'ai trouvé la cassette dans une vieille librairie l'autre jour. Il y avait des enregistrements de poètes lisant leurs œuvres.

Il s'était rappelé. C'était Anne Sexton. Une lecture des *Poèmes d'amour*. Sa poétesse préférée lisant son poème préféré, « La Rupture ». C'était le plus triste du lot, plein de colère, d'amertume, de beauté, de rage. Theodora était attirée par le chagrin : tout comme la peinture de Schiele, la poésie de Sexton était brute, honnête dans sa terrible souffrance. *Poèmes d'amour* avait été écrit au cours d'une liaison qu'avait eue la poétesse : une histoire illicite et secrète qui n'était pas sans rappeler la leur. Elle s'agenouilla, se blottit contre le petit magnéto, et Jack la serra dans ses bras. Elle ne pensait pas pouvoir l'aimer plus qu'elle ne le faisait en ce moment précis.

Peut-être y avait-il quelque chose en lui qu'elle ne comprendrait jamais, mais en cet instant tous deux se comprenaient parfaitement.

Lorsque la cassette se termina, ils gardèrent le silence, attentifs à la chaleur du corps de l'autre.

– Alors...

Theodora, hésitante, se souleva sur un coude pour lui parler. Elle craignait que parler de la réalité de leur situation ne brise le charme de la soirée. Et pourtant, elle voulait savoir. L'union se rapprochait à toute vitesse.

– L'autre jour, à la réunion du Comité, tu m'as dit qu'il y avait un moyen de briser le lien.

– Je le crois.

– Que vas-tu faire ?

En réponse, Jack l'attira au sol pour qu'ils soient de nouveau allongés ensemble.

– Theodora, regarde-moi, dit-il. Non, regarde-moi vraiment.
Ce qu'elle fit.

– Je suis en vie depuis très longtemps. Quand la transformation survient... quand on commence à prendre conscience de
ses souvenirs... c'est un processus écrasant. C'est presque
comme s'il fallait revivre toutes ses erreurs une à une, dit-il
doucement.

» Je ne veux pas refaire les mêmes erreurs que par le passé.
Je veux être libre. Je veux être avec toi. Nous serons ensemble.
Je pense sincèrement que j'aurai moins de raisons de vivre si
je ne suis pas avec toi.

Theodora secoua vigoureusement la tête.

– Mais je ne peux pas te laisser faire ça. Je ne peux pas te
laisser prendre ce risque. Je t'aime trop pour cela.

– Alors tu préférerais me voir uni à une femme que je
n'aime pas ?

– Non, dit-elle dans un souffle. Jamais.

Jack la serra et l'embrassa.

– Il y a un moyen. Fais-moi confiance.

Theodora lui rendit son baiser, et chaque instant fut plus
doux que le dernier. Elle lui faisait entièrement confiance.
Quoi qu'il fasse pour briser le lien, ils resteraient ensemble.
Pour toujours.

Le médecin de Dylan était un vrai ours, avec sa grosse barbe broussailleuse, sa silhouette de guingois et son pas lourd. *Il ne reste plus qu'à lui mettre une houppelande rouge et à le faire passer par la cheminée*, se dit Bliss qui avait du mal à placer sa confiance dans cet humain pataud, même si c'était un hématologue de premier ordre issu d'une vieille famille d'Intermédiaires sang-rouge au-dessus de tout soupçon.

– Ma secrétaire me dit que vous êtes des amies de Dylan Ward. Je sais que vous avez tenté de me contacter à plusieurs reprises. Je vous prie de m'excuser d'avoir réagi avec retard. J'ai eu une semaine très chargée. Quelqu'un a introduit un familier dans un dortoir, et cela a failli tourner au bain de sang, dit-il en grimaçant. Mais ne vous inquiétez pas, tout est réglé à présent.

Le médecin sourit.

– C'est exact, dit Bliss en hochant la tête et en prenant un siège en face de son bureau. Nous sommes ses amies. Merci de nous recevoir.

– Je ne suis pas son amie, moi. Je suis ici pour le compte du

Conclave afin de découvrir ce qu'il a, intervint sèchement Mimi. Je suis une Sentinelle.

Il haussa les sourcils.

– Vous faites jeune pour votre âge.

Mimi eut un rictus narquois.

– Quand on y pense, c'est notre cas à tous.

– Je veux dire pour une personne dans votre position, dit-il nerveusement en toussant et en remuant des papiers sur son bureau.

– Venez-en au fait, docteur. Je ne suis pas venue ici pour débattre de la politique du Conclave. Qu'est-ce qui ne va pas chez ce cinglé ?

Le docteur Andrews ouvrit le dossier qu'il avait devant lui et fit la grimace.

– Il semble que Dylan souffre d'une forme de syndrome de stress posttraumatique. Nous l'avons inscrit à plusieurs thérapies régressives pour l'aider à recouvrer la mémoire. Mais jusqu'à présent il n'a pas fait de véritables connexions avec quoi que ce soit. Il ne se rappelle ni ce qui lui est arrivé il y a cent ans ni ce qui lui est arrivé il y a un mois.

C'était exactement ce que redoutait Bliss. Dylan était comme un bateau à la dérive, amarré à rien ni à personne.

– Alors il va continuer comme ça à être amnésique... à jamais ?

– Difficile à dire, dit le médecin d'un ton hésitant. Nous n'aimons pas soulever de faux espoirs.

– Mais pourquoi, dit Bliss dans un état d'agitation extrême, pourquoi est-ce arrivé ?

– L'esprit se comporte parfois ainsi ; il efface tout pour pouvoir fonctionner. Pour adoucir la violence d'un traumatisme récent.

– Il a traversé beaucoup de choses, murmura Bliss.

– Attaque de sang-d'argent et tout et tout, précisa Mimi en hochant la tête.

Le médecin consulta de nouveau son graphique.

– C'est cela qui est intéressant. Comme je l'ai dit au sénateur Llewellyn, dans la mesure de nos connaissances il n'y a aucun signe de corruption sang-d'argent dans son sang. Il a été attaqué, oui, et sévèrement torturé, mais nous doutons qu'il ait réellement accompli la *Caerimonia* sur un autre vampire. Il n'a pas mené le processus jusqu'au bout. Ou plutôt, pour dire les choses clairement : il n'a même pas commencé.

Bliss sursauta.

– Mais...

– C'est ridicule, dit Mimi, catégorique. Nous savons tous que Dylan a tué Aggie. Elle était saignée à blanc. Et il était le seul suspect. Il a même avoué à Bliss.

– C'est vrai, confirma cette dernière.

Le docteur Andrews secoua la tête.

– Peut-être a-t-il été trompé ou manipulé au point de croire qu'il était des leurs. Nos conclusions sont catégoriques.

– Forsyth le savait ? Que Dylan était innocent ? demanda brusquement Mimi.

Le médecin opina.

– Je l'ai appelé dès que les résultats sont tombés.

Mimi eut un rire brutal et sarcastique.

– Si Dylan n'est pas un sang-d'argent et n'a pas emporté Aggie, il ne mentait sans doute pas quand il m'a dit qu'il ignorait où était passé le jean qu'elle m'avait emprunté.

– Qu'est-ce que tu racontes ? lui demanda Bliss dont les pensées tourbillonnaient.

– Laisse tomber.

Mimi haussa les épaules. Elle se leva, et Bliss l'imita.

– Merci beaucoup de nous avoir reçues, docteur. Vous nous avez beaucoup aidées.

Bliss était incapable de se concentrer. Elle reboutonna son manteau les doigts tremblants. Elle se cogna le genou dans la table et faillit s'étaler par terre.

Dylan était innocent.

Ce n'était pas un sang-d'argent et il n'allait pas le devenir.

C'était une victime.

Pendant des mois, tout le monde dans la communauté avait cru à sa culpabilité dans le meurtre d'Aggie Carondolet. Cru qu'il avait expédié les autres victimes, attaqué Theodora et mortellement blessé Cordelia. Il avait dit lui-même à Bliss qu'il avait commis ces actes. Et elle l'avait cru.

Mais s'il n'avait été là que pour maquiller les crimes de quelqu'un d'autre ? S'il avait simplement été forcé à croire qu'il était infecté ?

Et si ce n'était pas Dylan l'auteur de tout cela, qui était-ce ?

TRENTE

L e soir était tombé lorsque Theodora quitta l'apparte-ment de Perry Street. Son visage était encore embrasé par les baisers de Jack, ses joues et ses lèvres étaient d'un rouge rosé profond. Comme tout à New York, Theodora s'épanouissait. Un baiser pour un baiser pour un baiser, pensa-t-elle, encore étourdie par leur voyage à Vienne. Ils venaient de rentrer et étaient passés à leur cachette pour se doucher et se changer.

Jack était sorti en premier – il s'était faufilé par la porte latérale – et elle avait patienté pendant la demi-heure de rigueur avant de tenter elle-même une sortie.

Elle se souriait doucement à elle-même, tout en retenant ses cheveux ébouriffés par une bourrasque soudaine, lorsqu'elle vit quelqu'un qu'elle ne s'attendait pas à trouver là.

Debout de l'autre côté de la rue, il l'observait d'un œil plein de stupéfaction et de désarroi. Il lui suffit de croiser son regard pour savoir qu'il savait. Mais comment ? Comment avait-il pu l'apprendre ? Ils avaient fait tellement attention à garder le secret sur leur amour...

211

Le chagrin qui se dessinait sur tous ses traits était insupportable. Theodora sentit les mots se coincer dans sa gorge tandis qu'elle traversait la rue pour aller se planter devant lui.

– Ollie... ce n'est pas...

Oliver lui décocha un regard de pure haine, tourna les talons et se mit à marcher, puis à courir.

– Oliver, je t'en prie, laisse-moi t'expliquer...

En un éclair elle se retrouva face à lui. Il pouvait toujours courir, jamais il ne serait plus rapide qu'elle.

– Ne fais pas ça. Parle-moi.

– Il n'y a rien à dire. Je l'ai vu partir, et ensuite, exactement comme elle l'avait dit, j'ai attendu une demi-heure et tu es sortie à ton tour. Tu étais avec lui. Tu m'as menti.

– Je n'ai pas... Ce n'est pas du tout... Oh mon Dieu, Oliver.

Les sanglots lui serraient la gorge, et Theodora se sentit submergée par sa peine et sa colère. Si seulement il l'avait frappée... S'il avait pu faire autre chose que rester planté là, l'air tellement anéanti qu'elle ne pouvait que l'être encore plus !

Il se mit à pleuvoir. Des cumulus crevèrent au-dessus de leurs têtes, et les premières gouttes s'abattirent, puis les martelèrent. Ils allaient se faire tremper.

– Il faut que tu choisisses, dit Oliver sous la pluie qui se mêlait aux larmes roulant sur ses joues. J'en ai marre d'être ton meilleur ami. J'en ai marre d'être un pis-aller. Je ne me contenterai plus de cela. C'est tout ou rien, Theodora. Tu vas devoir te décider. C'est lui ou moi.

Son meilleur ami et Intermédiaire, ou le garçon qu'elle aimait. Theodora avait toujours su qu'un jour il faudrait en arriver là. Qu'il lui faudrait en perdre un pour gagner l'autre. Que ce jeu ne serait pas sans conséquences. Qu'elle ne pouvait pas continuer ainsi, avec un amant vampire et un familier humain, sans s'amender. Elle avait menti à Oliver, menti à Jack, menti à tout le monde, y compris à elle-même. Mais ses mensonges avaient fini par la rattraper.

– Tu es une égoïste, Theodora. Tu n'aurais jamais dû me prendre comme familier, poursuivit Oliver, imperturbable. Mais j'ai laissé faire parce que je tenais à toi. J'avais peur de ce qui t'arriverait si je refusais. Mais toi... si tu tenais un tout petit peu à moi, si tu avais pensé à moi, tu aurais dû avoir la décence de te retenir. Tu savais exactement ce que je ressentais pour toi, et tu m'as utilisé quand même.

Il avait raison. Theodora opina en silence sous la pluie tombant à torrents sur ses cheveux et ses vêtements, qui se transformaient en masse informe et trempée. Oliver avait toujours été le plus raisonnable des deux. Il craquait pour sa meilleure amie, il l'aimait depuis le premier jour, il avait porté son flambeau pendant des années, mais si elle n'avait pas ajouté à cela la *Caerimonia*, si elle n'avait pas bu son sang, si elle n'avait pas imprimé sa marque sur son âme, peut-être un beau jour aurait-il cessé d'avoir ces sentiments pour elle.

Si elle s'était trouvé un autre familier, si elle avait choisi un autre garçon humain, la passion d'Oliver aurait pu se transformer peu à peu en affection douce, sans engagement. Oliver aurait pu grandir, aimer une sang-rouge, fonder sa propre famille. Mais elle se l'était approprié. Elle avait scellé son affection par cette première morsure irrésistible. Le baiser sacré l'avait marqué comme sien.

Elle s'était comportée en égoïste, insouciante, irresponsable.

Il n'avait pas le choix, il était obligé de l'aimer. Même s'il la quittait à ce moment, il n'en aimerait plus jamais une autre ; il serait seul à jamais.

Il était maudit, et elle les avait damnés tous les deux à cause de sa faiblesse.

– Je suis désolée.

Les yeux de Theodora se remplirent de larmes. Il n'y avait aucun moyen d'arranger les choses.

– Si tu l'es vraiment, quitte-le. Jack ne sera jamais à toi, Theodora. Pas comme moi je suis à toi.

Elle hocha le menton tout en pleurant à chaudes larmes, essuya ses joues et son nez qui coulait sur une manche mouillée. Elle se sentait absolument misérable et savait que cela se voyait.

Oliver se radoucit.

– Viens, allons nous mettre à l'abri. On va attraper froid l'un comme l'autre.

Il la guida doucement jusque sous un auvent.

– Tu es trop gentil avec moi, murmura Theodora.

Oliver hocha la tête. Il savait ce que c'était d'aimer quelqu'un qui ne voulait – ou ne pouvait – pas vous aimer. Mais il n'avait pas le choix. Ils ne l'avaient ni l'un ni l'autre.

ENREGISTREMENT ARCHIVES AUDIO
Sanctuaire de l'histoire
DOCUMENT CONFIDENTIEL
Autorisation exclusive Altitrônus
Transcription rapport du *Venator* classé 3/3

Venator Martin : L'épreuve du sang a été décidée. Tout va se savoir. Je serai démasqué.

Charles Force : Oui, j'ai entendu cela. Vous devrez agir vite. Vous devez disparaître. Je vous aiderai.

VM : Mais je veux savoir pourquoi. Pourquoi m'avez-vous obligé à convoquer le sang-d'argent ? Pourquoi ?

CF : Parce qu'il fallait que je sache.

VM : Savoir quoi ?

CF : Si c'était possible.

VM : Que voulez-vous dire ?

CF : Cela n'aurait jamais dû fonctionner. *(Agité.)* Cela n'aurait jamais dû se produire... Ce n'était qu'un test. Pour voir...

VM : Quoi ?

CF : Pas le temps. *(Chuchotements.)* Je sais ce qu'il me reste à faire à présent.

VM : Mais le *Rex* ? Il exigera une explication à mes actes.

CF : Oui. Je me charge de Lawrence. Ne vous inquiétez pas. Si quelqu'un peut comprendre que j'ai fait ce que j'avais à faire, c'est bien lui. À présent écoutez-moi. Je vous envoie au Corcovado...

TRENTE ET UN

– Theo, tu as une mine à faire peur. Qu'est-ce qui s'est passé ? demanda Bliss en trouvant son amie, morose, à la porte de sa chambre.

Theodora avait les yeux rouges d'avoir pleuré, et elle se mouchait dans un Kleenex.

– Ta bonne m'a fait entrer. J'espère que ça ne t'ennuie pas. Tes parents sont là ? demanda-t-elle en reniflant.

– Non. Ils sont à un gala de levée de fonds pour la campagne de papa. Comme d'hab'. Entre. Mais ça n'aurait pas d'importance, d'ailleurs. Tu sais qu'ils t'aiment bien.

Tout en le disant, Bliss se rendit compte qu'elle n'en était pas si sûre. Ses parents ne s'étaient jamais intéressés à ses amis. Ils croyaient qu'elle était toujours copine avec Mimi, c'est dire. Ils n'avaient jamais vu Theodora ni Oliver.

– Ça va ? demanda Bliss.

Theodora secoua la tête. Elle suivit son amie dans sa chambre, grimpa sur son lit, s'adossa aux oreillers et ferma les yeux.

– Oliver me déteste, dit-elle avec un sanglot étranglé en se frottant les yeux. Il nous a vus... tous les deux... Jack et...

217

– Il sait.

Bliss hocha la tête. C'était donc cela que Mimi avait raconté à Oliver cet après-midi.

En guise de réponse, Theodora s'empara d'un oreiller moelleux choisi dans la montagne de duvet d'oie et se le cala derrière la tête.

– Eh oui.

Bliss soupira. Elle prit la télécommande et se mit à zapper entre les programmes enregistrés.

– Tu as vu le dernier épisode de *The Beach* ?

– Non, mets-le, la pressa Theodora.

Ce *reality show* bidonné racontant la vie de trois blondes de Los Angeles totalement évaporées mais curieusement fascinantes était leur émission préférée.

– Bon alors, comment a-t-il su ? demanda Bliss, les yeux rivés sur l'écran. (Elle appuya sur PAUSE et se tourna vers Theodora.) Remarque, ça n'a pas d'importance. Tu savais qu'il l'apprendrait un jour ou l'autre.

– Je sais, dit Theodora. Ne me regarde pas comme ça, je t'en prie. Je sais ce que tu penses.

– Je n'ai rien dit.

– Pas besoin.

Bliss lui frotta le dos. Elle compatissait, mais Theodora savait ce qu'elle faisait en se lançant dans cette histoire avec Jack. Elle s'était mis un ami à dos, et tout ça pour quoi ? Jack Force ? Qu'est-ce qu'elle lui trouvait, d'abord ?

– Écoute, il faut que je te dise quelque chose : Mimi et moi, on est allées voir Dylan aujourd'hui.

Bliss lui relata tout ce que lui avait dit le médecin.

Theodora en fut aussi stupéfaite que troublée.

– Mais alors, si ce n'est pas Dylan qui a tué Aggie et tous les autres... qui est-ce ?

– Va savoir.

– Quelqu'un d'autre est au courant ? Que ce n'est pas lui ?

– À part Mimi et moi ? Ouais. Forsyth, dit Bliss.

Elle se rendit compte qu'elle était incapable de se résoudre à l'appeler « papa », ces derniers temps.

– Le Dr Andrews m'a dit qu'il l'avait appelé quand il avait eu le résultat des tests.

– Mais ton père ne t'a rien dit ?

– Pas un mot.

– Et au Conclave non plus ?

– D'après Mimi, Forsyth ne leur a pas du tout parlé de Dylan, dit Bliss, de plus en plus embarrassée par le comportement de son père.

– Je me demande pourquoi...

– Il a peut-être fait ça pour m'aider, suggéra Bliss, sur la défensive. Il savait que le Conclave voudrait la destruction de Dylan, alors il le leur a caché.

– Mais Dylan n'est pas un sang-d'argent, dit Theodora. Ils lui ont fait passer le test, il a réussi. Alors il n'y avait pas de danger qu'il soit détruit. Mais dis donc, c'est quoi, ces bagages ? enchaîna-t-elle en désignant la valise à roulettes Tumi à demi remplie au pied du lit de Bliss.

– Ah oui, au fait, on va partir.

– Où ça ?

– Rio. D'après Forsyth, Nan Cutler a convoqué une réunion plénière du Conclave, elle a dit que ton grand-père avait besoin d'aide, et maintenant tout le monde y va.

– Quel genre d'aide ? voulut savoir Theodora.

– Allez, ne t'inquiète pas, dit Bliss en voyant l'expression paniquée qui se dessinait sur le visage de son amie. Je suis sûre que tout va bien pour lui.

– Il y a longtemps que je n'ai pas eu de ses nouvelles, avoua Theodora. J'étais tellement préoccupée par Jack que je ne m'en suis même pas rendu compte. Qu'est-ce que Forsyth a dit d'autre ?

Bliss répugnait à le dire, mais décida que Theodora avait le droit de savoir.

– Je n'en suis pas certaine à cent pour cent, mais j'ai cru comprendre que Lawrence avait des ennuis.

– Quel genre d'ennuis ?

– J'aimerais pouvoir te le dire. Tout ce que je sais, c'est que ce matin Forsyth nous a annoncé qu'on partait pour Rio. Des histoires de Conclave.

Elle pointa la télécommande sur la télé et passa les pubs en accéléré.

Le *reality show* revint à l'écran ; Bliss glissa le bras sous le lit et tendit à Theodora un paquet de ses chips au piment préférées.

– En tout cas, ne t'en fais pas pour Ollie. Il changera d'avis. Tu le sais bien.

– Ça, je n'en suis pas si sûre. Je crois vraiment qu'il me déteste, Bliss. Il m'a dit que c'était lui ou Jack. Que je devais choisir.

– Et qu'est-ce que tu as répondu ?

– Rien, dit Theodora en ravalant de nouvelles larmes. Je ne peux pas choisir. Tu sais bien que je ne peux pas. (Elle secoua le paquet vide et donna un coup de pied dans un oreiller.) Tout est pourri.

Bliss garda un œil sur la télé et l'autre sur son amie. Elle était entièrement d'accord. Tout semblait en effet pourri. Comme le fait que Forsyth n'ait jamais été réglo avec elle au sujet de Dylan. On aurait dit, parfois, que tout le monde mentait à propos de tout.

Après quelques minutes passées à regarder la star de l'émission rompre pour la énième fois avec son fiancé, Theodora reprit la parole.

– Tu sais, je n'ai pas eu de nouvelles de Lawrence depuis qu'il est là-bas, à part qu'il préférerait qu'il fasse moins chaud. S'il était vraiment en danger, tu ne crois pas qu'il m'aurait dit quelque chose ? Envoyé un message, peut-être ?

– Il ne veut sans doute pas que tu t'inquiètes. Il doit faire ça simplement pour te protéger. Si quelque chose se passe mal au Corcovado, il a bien dit qu'il voulait t'en tenir éloignée.

– Sans doute, dit Theodora en jouant avec le pompon d'un coussin. Mais c'est quand même bizarre, non ? Je veux dire, Lawrence ne fait absolument pas confiance au Conclave. Plus depuis Plymouth. Pourquoi appeler tout le monde maintenant ?

– Tu as une idée derrière la tête ? lui demanda Bliss.

Elle remarqua de la détermination dans le regard de Theodora. Au moins, elle avait enfin cessé de pleurer sur les garçons. Ça, c'était la Theodora qu'elle connaissait et admirait.

– Je vais aller là-bas. Si vraiment Lawrence est en danger, il faut que je l'aide. Autrement, je ne pourrais pas me regarder dans une glace.

ENREGISTREMENT ARCHIVES AUDIO
Sanctuaire de l'histoire
INTERMÉDIAIRE : Hazard-Perry, Oliver
AFFECTATION : Famille Van Alen
Rapport personnel classé 5/19

[Deux minutes de bande magnétique ont été perdues à l'enregistrement. La transcription commence comme suit :]

Theodora vous dira que je n'ai pas choisi. Elle croit que je l'aime parce que j'y suis obligé, ou parce que je n'ai pas eu le choix, mais elle se trompe. Elle s'accorde parfois trop d'importance.

Je savais ce que nous faisions quand nous avons accompli la *Caerimonia*. Je savais parfaitement ce que cela voulait dire. J'étais au courant de ce que cela provoquerait. Plus important, j'étais conscient qu'elle ne partageait pas mes sentiments. Je le savais depuis très longtemps. Enfin quoi, vous me prenez pour un idiot ?

Alors pourquoi l'ai-je fait ?

Je ne sais pas. Je n'en avais pas l'intention au départ. Pour ma défense, je lui avais dit non la première fois. Nous étions dans cette chambre d'hôtel, elle assise sur mes genoux, et c'était agréable, vous comprenez. D'être si proche d'elle. Oui, on peut dire que c'était bon. Je n'ai pas envie d'en parler : je ne suis pas du genre à raconter mes exploits... mordants.

223

Elle croit que je l'aime depuis que nous sommes enfants, ou depuis la première fois que je l'ai vue, ou je ne sais quelles conneries romantiques. Mais ça ne s'est pas passé comme ça. Nous étions amis. On s'entendait bien. J'aimais bien sa manière de penser. J'aimais bien son rire. J'aimais bien sa manière de s'habiller, sous toutes ces épaisseurs de noir. De quoi se cachait-elle ?

Si je la trouvais belle ? Je ne suis pas aveugle, quand même ! Bien sûr que je la trouvais belle. Mais c'était plus que cela... J'aimais bien la voir porter son ombre à paupières d'un bleu affreux – les filles croient que les garçons ne remarquent pas le maquillage et ce genre de choses, mais si –, à la fin de la journée il était tout croûteux et baveux. Ça lui faisait de gros yeux de raton laveur, et elle ne s'en rendait même pas compte... Je ne sais pas. J'étais sous le charme.

Mais à l'époque, je n'étais pas amoureux d'elle. Pas même en quatrième, la fois où on devait aller au bal d'Automne ensemble et où elle m'a demandé d'être son cavalier, et qu'on a passé la soirée assis dans un coin à se moquer de tout le monde. Nous n'avons pas dansé une seule fois, et elle portait une robe informe, hideuse. Non, je n'étais pas conquis à l'époque.

C'est quand elle a découvert qu'elle était un vampire que je suis tombé amoureux d'elle. Il y a tout juste quelques mois. Lorsqu'elle a accepté son héritage et n'a pas cillé face à son destin. Parce que vous savez qui elle est censée être, pas vrai ? Je veux dire, pardon : la fille de Gabrielle.

Du lourd. Elle est tellement forte que ça me fait peur. Je ne mentais pas quand je lui ai dit ça.

Donc, où en étais-je ? Une fois de plus, vous me demandez pourquoi je l'ai fait. Pourquoi je l'ai laissée prendre mon sang, laissée me marquer comme sien. Faire tout ce bazar de « familier ». Tout le bataclan.

Je ne sais même pas pourquoi je m'embête avec ces rapports. Personne ne les écoute, de toute manière.

Bref, je pense que le fond de la vérité, c'est que je ne voulais pas qu'elle ait à le faire avec un autre. Je ne voulais pas partager. Elle était déjà si différente de moi, elle changeait déjà... Elle est différente. Elle vivra à jamais, alors que je n'aurai droit qu'à un tour.

Je voulais m'accrocher.

Parce que oui, c'est vrai que je l'aime.

Je l'ai aimée quand elle est venue à moi le fameux soir au *Bank*. Quand elle m'a cherché et a été tellement soulagée de me voir. Quand elle a accepté tout ce que je lui racontais, et qu'elle n'a même pas paniqué tant que ça quand je lui ai dit que je savais déjà. Que j'étais son Intermédiaire.

C'est pour cela que j'ai pris l'avion pour Rio juste après elle. Car oui, Bliss m'avait mis au courant de ce qui se passait. Vous pensiez que je la laisserais aller là-bas toute seule ? Vous plaisantez, c'est ça ?

Mais si vous croyez que j'ai mis les pieds là-dedans à l'aveuglette, vous vous trompez. Je savais qu'être son familier ne changerait rien. Je savais que même si elle apprenait que je l'aimais, cela ne changerait rien à ses sentiments pour moi.

Je savais que je perdrais à la fin.

Ce que je pense de Jack Force ? Rien. Je n'ai pas une très haute idée de lui. Encore un type qui se prend pour un don de Dieu à la Terre. Dans son cas, sans doute au sens propre. Mais vous savez... pour moi, il est hors sujet. Il n'entre pas dans l'équation, c'est tout. Même s'ils finissent ensemble, ce dont je doute fortement vu la puissance de ce lien-là – Mimi, c'est du sérieux, je ne me risquerais pas à faire l'imbécile avec Azraël –, mais même si Theodora l'aime encore, ou croit l'aimer, ça n'a pas d'importance.

Parce que Jack la quittera un jour. Je sais qu'il le fera. C'est un trop gros morceau pour Theodora. Ils ne sont pas faits l'un pour l'autre. Ça crève les yeux.

Et le jour où il la quittera, je serai là.

Quel que soit le temps que cela prendra, je serai toujours là pour elle.

Je l'attendrai.

Alors, il faut croire que Theodora se trompe. Moi je pense que je suis plutôt romantique, comme mec, en fait.

Rien qu'en prononçant le nom de l'aéroport de Rio – Galeao
– on se sentait d'humeur à faire le carnaval, pensa Theodora. *Gaaaleaonnn.* Elle comprenait, maintenant, pourquoi tant
de voyageurs venaient dans ce pays, si même le nom des aéro-
ports promettait des aventures torrides et mystérieuses.

Theodora, pourtant, se sentait à mille lieues de toute
romance. Elle n'arrivait pas à penser à Jack sans penser à Oliver. C'était trop douloureux. Partir de chez les Force avait été
plutôt facile : il lui avait suffi de passer la porte. Charles était
comme toujours enfermé dans son bureau, Trinity était partie
pour un séjour entre copines dans un Spa, tandis que Mimi se
rendait à Rio avec le Conclave. Jack comptait rester à New
York. L'autre soir, il lui avait encore passé un livre sous sa
porte. Un exemplaire d'*Anna Karénine.* Mais elle n'était pas
allée le retrouver. Elle n'avait même pas eu le cœur d'emporter le livre pour ses neuf heures de vol.

Elle n'avait pas dormi du tout pendant le voyage, et le siège
riquiqui en classe touriste n'avait rien arrangé. Outre le
voyage en jet avec Jack, elle n'avait jamais voyagé qu'avec Cordelia ou Oliver et sa famille. Avec sa grand-mère, elle avait pris

des petits avions à hélice pour se rendre à Nantucket, et Oliver ne se déplaçait qu'en première classe. Elle se prenait autrefois pour une fille robuste qui n'avait pas besoin des petits luxes de la vie, une erreur commune chez ceux qui n'ont jamais fait l'expérience des petits inconforts de ladite vie.

L'avion finit par atterrir ; Theodora prit son sac fourre-tout dans le compartiment à bagages et avança lentement dans la file d'attente. L'aéroport en soi était décevant, pas du tout à la hauteur des promesses magiques de son nom. Les espaces douane et immigration étaient vastes et ouverts, mais le décor était froid, utilitaire, daté et institutionnel. Rien à voir avec l'ambiance plage sexy qu'elle pensait trouver à son arrivée. L'endroit était vide et calme. Elle s'attendait à une fête, et elle se retrouvait au Kremlin.

D'après ce qu'elle avait cru comprendre, la ville était considérée comme assez dangereuse, et elle ouvrait un œil méfiant. Lawrence était toujours aussi injoignable, ce qui était exaspérant. Les derniers messages qu'elle lui avait envoyés n'avaient reçu aucune réponse, et elle ne parvenait pas à accrocher son signal. Elle suivit la foule vers la sortie du terminal. Bliss lui avait conseillé de prendre un taxi, mais vu le peu d'argent qui lui restait, elle décida de prendre bravement l'un des bus brinquebalants qui traversaient le centre-ville et longeaient les plages pour aller s'arrêter aux alentours des grands hôtels.

Le bus était plein de routards australiens bruyants, et Theodora se trouva un siège à l'avant pour pouvoir regarder par la fenêtre. Le trajet depuis l'aéroport était déroutant, car l'autoroute prenait divers virages et tournants, sans compter la traversée de quelques tunnels, ce qui ne lui laissait que peu de moyens de s'orienter. De temps en temps, elle voyait de magnifiques falaises rocheuses et moussues, et des collines couvertes de végétation tropicale qui dominaient la côte, ses plages de sable blond-blanc et ses eaux bleues. Elle aperçut aussi les fameuses *favelas*, les bidonvilles du pays, qui parsemaient les falaises et les collines. Les traces du séisme étaient visibles partout, depuis les terrains vagues couverts d'ordures où s'ébattaient des charognards jusqu'aux tas de débris hauts comme deux étages semés dans le paysage.

Entre les aperçus des montagnes et de la mer, elle put voir de hauts gratte-ciel de verre et d'acier qui n'avaient pas été affectés par le cataclysme. En route, elle remarqua aussi plusieurs voitures garées sur le côté de l'autoroute, arrêtées par des policiers lourdement armés à une sorte de péage.

Tout était exotique, beau et laid à la fois. Enfin les noms inscrits sur les panneaux routiers lui dirent quelque chose : Ipanema, Copacabana, Leblon. Elle vit la célèbre statue du Jésus aux bras tendus comme s'il voulait embrasser la ville, le Christ rédempteur, *o Cristo redentor*, au sommet du Corcovado. Elle se régalait de la vue lorsque le bus fut pris de soubresauts et que son moteur s'arrêta subitement.

Le chauffeur jura copieusement en se garant sur le côté de la route.

Theodora fut désarçonnée, surtout lorsque le chauffeur demanda aux passagers de descendre et de prendre leurs bagages avec eux.

– Encore ! protesta l'un des grands Australiens dégingandés.

– Ça arrive souvent ? demanda-t-elle.

– Tout le temps, lui répondit-on.

Le chauffeur leur conseilla d'aller faire un tour pendant

qu'il réparait et de revenir une heure plus tard. Heureusement, ils n'étaient pas trop loin de la grande artère principale.
Le front de mer était bordé d'une promenade incrustée de
coquillages formant un motif en mosaïque, peuplée de jog-
geurs, de patineurs et de promeneurs. Theodora trouva un
stand de jus de fruits à proximité et s'acheta à boire. La chaleur tropicale lui donnait l'impression de se dessécher sur
place.

Mais lorsqu'elle regagna l'endroit convenu une heure plus
tard, la navette, comme les Australiens tapageurs, avait disparu. Elle était toute seule. Un éclair d'incertitude vint s'ajouter à sa contrariété lorsqu'elle repéra deux petites frappes :
des types minces, pieds nus, en short délavé et tee-shirt des
Chicago Bulls troué, qui s'approchaient d'elle. Ils regardaient
avec curiosité cette touriste habillée tout en noir.

– *Turista* ?

Elle savait qu'elle n'avait rien à craindre, mais elle ne voulait pas se dévoiler. Les garçons se rapprochèrent encore. C'est
seulement alors qu'elle remarqua que l'un d'entre eux tenait
une bouteille brisée.

Et juste au moment où elle se disait qu'elle allait devoir
commencer à se défendre, une voiture noire et luisante
s'avança. Elle avait l'air d'être blindée, avec ses vitres fumées
relevées.

Quoi, encore ?

Elle crut que c'étaient encore des ennuis qui arrivaient.

Puis l'une des vitres descendit. Theodora fut certaine qu'elle
n'avait jamais été aussi heureuse de voir le garçon assis à l'intérieur.

– Il m'a fallu un bout de temps pour te trouver. Désolé de

t'avoir perdue à l'aéroport. Mon vol a eu du retard, dit Oliver en ouvrant la portière arrière.

Theodora vit qu'il avait deux gardes du corps sur la banquette arrière et un devant, plus le chauffeur.

– Qu'est-ce que tu attends ? Monte !

TRENTE-TROIS

Le *Copacabana Palace Hotel* était une des destinations préférées de Mimi. Elle s'était rendue à Rio à maintes reprises pour le carnaval et avait toujours séjourné dans la même suite en angle. Elle ne savait absolument pas pourquoi Nan Cutler avait fait venir tout le Conclave jusqu'en Amérique du Sud, mais elle ne doutait pas qu'il y eût une bonne raison. Et en plus, elle n'allait pas louper une occasion de sécher le lycée.

Jack n'avait manifesté aucune envie de l'accompagner, et elle n'avait pas insisté. Une fois qu'ils seraient unis, ils voyageraient dans le monde entier ensemble. Il lui manquait, mais c'était excitant aussi d'être toute seule dans une ville étrangère.

Elle étala sa serviette sur la chaise longue installée sur le toit-terrasse qui prolongeait sa chambre. Le Conclave était invité à dîner à la « Casa Almeida », une villa dans les collines, plus tard dans la soirée. Les Almeida faisaient partie du contingent de sang-bleu qui avait émigré au Brésil en 1808, à l'époque où la famille royale portugaise et de nombreux nobles avaient fui, plutôt que combattu, le conquérant au

233

sang rouge, Napoléon. Ils avaient transféré le siège de la cour royale dans les colonies, faisant de Rio la première capitale non européenne d'un pays européen. Bien sûr, une fois installés ils n'étaient jamais repartis ; ils avaient déclaré l'indépendance du Brésil et le prince avait été sacré empereur. Mais lorsque le pays avait proclamé la république en 1889, les sang-bleu de la ville s'étaient retirés pour se concentrer sur ce qu'ils faisaient le mieux : bâtir des musées et des collections d'art, de grands hôtels, et encourager la renaissance culturelle.

Elle s'allongea sur le ventre sur sa serviette et dénoua les ficelles de son haut de bikini.

Un serveur musclé, dont les cheveux et la peau sombres contrastaient de manière frappante avec son maillot blanc, lui apporta sa commande.

– Caipirinha ?...

– Merci.

Mimi se redressa sur les coudes sans prendre la peine de se couvrir.

Le regard nonchalant du garçon – presque désagréable à vrai dire –, la manière dont il l'observait, titilla ses sens. Elle était toujours en quête d'un nouveau familier, et après tout, « Si tu vas à Rio... »

TRENTE-QUATRE

S i cela n'avait tenu qu'à elle, Bliss serait bien restée à Rio pour toujours. Tout l'après-midi, elle s'était promenée sur les superbes plages de la ville, vêtue d'un maillot de bain acheté à la boutique de l'hôtel lorsqu'elle s'était rendu compte que le sien était nettement trop puritain pour cette ville.

Ils étaient descendus au fabuleux hôtel *Fasano*, à Ipanema, et même si elle appréciait les bains de soleil sur le toit-solarium, cela l'avait démangée d'aller explorer la côte par elle-même. BobiAnne l'avait priée d'emmener Jordan, et les deux sœurs s'amusaient beaucoup à se baigner dans l'océan et à observer les gens. Les Brésiliennes portaient des bikinis minuscules, quelles que soient leur taille et leurs formes ; c'était libérateur et, en même temps, un peu consternant. L'Américaine en Bliss continuait à penser qu'une grand-mère ne doit pas se balader en string.

Quoi qu'il en soit, elle commençait à se sentir vraiment bien. Elle se détendait dans ce climat chaud et lourd, et oubliait qu'ils étaient à Rio pour une raison plutôt grave. Elle avait entendu Forsyth s'entretenir avec Nan Cutler, et il semblait bien que Lawrence avait de gros ennuis. Ses parents ne lui avaient rien dit, mais ils étaient visiblement perturbés et anxieux. Forsyth s'énervait à la moindre occasion et BobiAnne était à cran. Bliss se demandait si Theodora avait réussi à joindre son grand-père.

Elle n'avait pas pu convaincre sa famille d'emmener Theodora. («Il n'en est pas question, avait dit son père. Elle est sous la garde de Charles et je serais très étonné qu'il donne sa permission.») Se rabattant sur une solution de secours, elle avait donné à son amie, de son compte personnel, l'argent pour s'acheter un billet. Theodora était sans doute déjà en ville, mais elle aurait dû appeler Bliss en arrivant et jusqu'à présent celle-ci n'avait pas eu de nouvelles d'elle. Elle espérait qu'elle allait bien. Rio n'était pas un endroit très indiqué pour une jeune fille seule.

Elle essaya de nouveau d'appeler Dylan, mais personne ne répondit. Tous deux avaient pris l'habitude de se parler chaque soir et de prendre rapidement des nouvelles l'un de l'autre pendant la journée. Elle savait quand il avait yoga, quand il avait une séance de thérapie, à quelle heure il déjeunait. Elle était ennuyée qu'il n'ait répondu à aucun de ses messages. Où était-il donc passé ?

Elle composa le numéro du standard du centre et demanda à parler à sa psy.

– Dylan ? répondit celle-ci d'un ton léger. Il est sorti il y a quelques jours.

– Ah bon ?

Première nouvelle pour Bliss. Dylan ne lui avait même pas dit qu'il avait une chance d'être relâché.

– Vous savez qui est venu le chercher ?

– Voyons... (Il y eut un bruit de papiers.) Il est écrit ici qu'il a été remis au sénateur Llewellyn.

Bliss se sentit mal. Évidemment, son père avait omis de lui parler de quoi que ce soit. Peut-être était-ce le moment de lui dire ce qu'elle savait et de le pousser dans ses retranchements, mais l'idée d'aborder le sujet avec Forsyth lui nouait l'estomac. Dylan l'appellerait dès qu'il en aurait l'occasion, elle en était sûre. Il ne lui restait plus qu'à attendre. À côté d'elle, Jordan était blottie sous un parasol, recouverte de serviettes et d'écran total. Bliss se moqua d'elle : c'était une manière de déverser son malaise à propos de Dylan, en insultant sa sœur.

– Toi non plus tu ne bronzes pas, répliqua Jordan.

– Non, mais je m'en fiche. J'aime bien les coups de soleil.

– Dis, B., je peux avoir un jus de coco ? demanda la petite en désignant un marchand ambulant qui surveillait d'un œil d'aigle ses articles glacés.

– Bien sûr.

Bliss fouilla dans son sac à la recherche de son porte-monnaie, et soudain tout devint blanc. Elle ne voyait plus rien. Elle était complètement aveugle, même les yeux grands ouverts. C'était la sensation la plus antinaturelle, la plus dérangeante qui soit : c'était presque comme si *quelqu'un d'autre* voyait par ses yeux. Comme si elle avait une autre personne dans la tête.

Lorsque sa vue lui revint, elle tremblait de la tête aux pieds.

– Qu'est-ce qui s'est passé ? demanda-t-elle à Jordan.

Cette dernière était livide.

– Tes yeux... ils étaient bleus.

Bliss avait les yeux verts, aussi verts que l'émeraude qui miroitait à son cou.

– Tu plaisantes, s'esclaffa-t-elle.

Jordan avait l'air d'essayer de prendre une décision. Finalement, elle reprit la parole.

– Écoute, il faudra me croire si je te dis que je n'avais pas le choix, OK ? fit-elle en empoignant le bras de Bliss.

– Qu'est-ce que tu racontes ? lui demanda cette dernière, complètement perdue.

Jordan se contenta de secouer la tête, et Bliss fut stupéfaite de voir sa stoïque petite sœur au bord des larmes.

– Rien, ce n'est rien, renifla Jordan.

Bliss la prit dans ses bras.

– T'en fais pas, ma grande.

– N'oublie jamais que tu étais vraiment une sœur pour moi.

Jordan avait chuchoté cela si doucement que Bliss se demanda si elle l'avait vraiment dit, ou si c'était elle qui entendait des voix.

– Je ne sais pas ce qui t'inquiète, mais quoi qu'il arrive, tout va s'arranger, d'accord ? dit-elle en serrant sa sœur contre elle. Il ne va rien se passer, je te le promets.

TRENTE-CINQ

— Oliver, je ne sais pas comment te remercier, dit Theodora en bouclant sa ceinture. (Elle regarda les gardes du corps armés.) Tu ne crois pas que tu forces un peu sur les biscoteaux ?

Il haussa les épaules.

— On n'est jamais trop prudent.

Theodora hocha la tête.

— Est-ce que ça indiquerait que tu ne m'en veux plus ?

— Ne parlons pas de ça maintenant. On est là pour Lawrence, OK ?

— OK.

— Tu es au courant que tout le Conclave est là ? demanda-t-il. J'ai vu la Sentinelle Oelrich sur mon vol. Et les Dupont et les Carondolet sont dans le même hôtel que moi.

— Je sais. Bliss m'a dit que la Sentinelle Cutler avait convoqué une session extraordinaire et les avait fait venir ici. Est-ce qu'on a retrouvé Lawrence ?

— C'est ça qui est bizarre. Personne ne dit un mot sur Lawrence. Tout le monde se prépare pour un grand dîner chez

239

des sang-bleu brésiliens ce soir, dit-il pendant que la voiture traversait le centre-ville et que le paysage devenait de plus en plus spectaculaire : verdure luxuriante, plages sublimes, silhouettes tout aussi sublimes prenant le soleil sur ces plages.

– Où es-tu logé ? lui demanda Theodora.

– Au *Fasano*. Le nouvel hôtel de Philippe Starck. Bliss y est aussi. Je t'aurais bien pris une chambre, mais il n'y en avait plus de libre. Tu penses que ça t'irait de partager la mienne ?

– Bien sûr, dit-elle en s'efforçant de ne pas montrer sa gêne. Écoute... À propos de ce qui s'est passé l'autre soir...

– N'en parlons pas pour le moment, dit Oliver d'un ton léger. Bon, c'est vrai, j'en ai fait un peu beaucoup, non ? « Lui ou moi » ! Enfin, bref.

– Alors tu ne le pensais pas vraiment ? demanda Theodora, pleine d'espoir.

– Je ne sais pas. Occupons-nous déjà... occupons-nous de Lawrence d'abord, et on en reparlera après. D'accord ?

– Bien sûr.

Oliver avait raison. Ils n'avaient pas le temps de s'attarder sur ce point pour l'instant. Ils devaient retrouver Lawrence.

Le silence prolongé de son grand-père l'inquiétait. S'il s'était fait piéger, ou séquestrer, voire pire ? Avait-il été sage de venir à Rio tout seul ? Ou d'aller à la rencontre de l'équipe de Kingsley ? Kingsley, qui était à présent injoignable lui aussi, d'après Bliss. Theodora ne comprenait toujours pas pourquoi Kingsley, dont on avait prouvé que c'était un sang-d'argent – tout repenti qu'il soit –, avait été autorisé à revenir en tant que *Venator*. Son grand-père n'était pas particulièrement crédule, et il avait dû avoir de bonnes raisons de lui renouveler sa confiance, surtout après ce qui s'était passé à Venise.

Mais tout de même...

Elle s'inquiétait.

Elle ferma les yeux et pensa à son grand-père. Elle visualisa sa crinière léonine, son allure aristocratique.

Elle reçut une réponse immédiate.

Que fais-tu ici ? lui demandait Lawrence d'un ton furieux.

Il était clairement très contrarié et, pire, il avait l'air d'aller parfaitement bien.

Je viens te sauver ? lui envoya timidement Theodora.

Il y eut un bruit sarcastique qui ressemblait à un reniflement télépathique.

Retrouve-moi au bar du Palace. *Dans une heure.*

Lawrence était vêtu, comme d'habitude, de tweed et de lourds lainages lorsqu'ils le rejoignirent au bar du *Copacabana Palace Hotel.* Il était rouge et la sueur lui dégoulinait sur le front. Theodora se dit qu'il ne se serait pas autant plaint du climat s'il s'était habillé de manière adaptée.

– Tu devais rester à New York, lui dit-il sévèrement en guise de salut.

Ils s'assirent au bar et Lawrence commanda une tournée de boissons. Un bellini pour lui-même et des piña coladas sans alcool pour sa petite-fille et son Intermédiaire. Même si l'alcool n'affectait pas les vampires, Lawrence aimait à se plier aux lois des sang-rouge et voyait d'un mauvais œil ceux qui buvaient avant l'âge légal.

– Mais, grand-père... j'ai entendu dire que tu avais des ennuis.

Elle se tortilla sur son siège. Elle était soulagée que Lawrence aille bien, mais sous le regard d'acier de son aïeul, son comportement récent lui paraissait impulsif et idiot. Son voyage lui semblait soudain superflu et exagéré.

– Première nouvelle pour moi, dit Lawrence en sortant sa pipe.

– Alors pourquoi n'as-tu pas répondu à mes émissions ? lui demanda Theodora. Je me suis inquiétée.

Lawrence tira sur sa pipe avant de répondre.

– Je n'ai rien entendu. Aucune nouvelle de toi jusqu'à aujourd'hui, dit-il en soufflant de la fumée en l'air.

La serveuse revint avec leurs boissons, et tous trois firent tinter leurs verres.

– On ne fume pas ici, monsieur, lui dit-elle.

– Bien sûr.

Lawrence cligna de l'œil tout en continuant à fumer et fit apparaître un cendrier sur la table.

La serveuse eut l'air perplexe et s'éloigna : encore une victime du *Glom*. Lawrence se tourna vers Theodora.

– T'es-tu entraînée comme je te l'ai appris ? À te concentrer sur la localisation de mon esprit ?

– Oui, bien sûr, répondit Theodora avec une pointe d'impatience.

Oliver intervint.

– Les messages télépathiques sont cryptés, n'est-ce pas ? Est-ce que quelqu'un ne pourrait pas les avoir... je ne sais pas, corrompus ? Ou effacés, d'une manière ou d'une autre ?

– Ce n'est pas comme ça que ça marche, répliqua Theodora. Ce n'est pas comme des e-mails qu'on balance sur le réseau. Le *Glom* est une connexion directe avec la conscience de l'autre. On ne peut pas... le tripatouiller. C'est bien ça, grand-père ?

– Je ne sais pas trop. Tu n'as peut-être pas tout à fait tort, jeune homme, dit Lawrence, pensif, en sirotant son cocktail. L'utilisation de la télépathie dépend de la capacité d'un vampire à accéder à l'« autre monde », à ce que les humains appellent le paranormal. La source de notre puissance provient de la grande ligne de partage, la limite entre le monde matériel et le monde spirituel.

– Et cet endroit, c'est le Corcovado ; la frontière est là, conclut Theodora.

– Oui, acquiesça son grand-père.

Les rides de son front se creusèrent.

– Et Kingsley ? Tu l'as vu ?

– Nous sommes en contact.

– Alors lui non plus n'a pas disparu.

Lawrence parut perplexe.

– Non, pas du tout. Nous avons gardé le contact en permanence.

Theodora secoua la tête.

– C'est seulement que... nous avons entendu dire... balbutia-t-elle faiblement. Que Kingsley et toi... Oh, laisse tomber.

Lawrence, l'air toujours aussi mystifié, siffla son verre cul sec.

Oliver s'excusa et quitta la table pour répondre à son portable. Theodora en profita pour questionner son grand-père sur un point qui la tracassait depuis des semaines.

Mais la réponse ne fut pas celle qu'elle espérait.

Lawrence regarda sa petite-fille droit dans les yeux, les sourcils arrondis.

– Il n'y a aucun moyen. À supposer que Jack brise son lien,

il n'aurait aucun recours. C'est contraire à nos lois. Au Code des vampires. Si sa jumelle invoque l'engagement formel, il y aura procès. S'il est déclaré coupable, il sera condamné. Brûlé vif. S'il choisit de fuir plutôt que d'affronter son jugement, c'est sa propre jumelle qui devra l'amener devant la justice.

Le souffle de Theodora resta coincé dans sa gorge.

– Mais Allegra... elle est en vie, elle.

– Allegra s'est quasiment tuée toute seule. Charles a argué que la sentence ne pouvait pas être exécutée tant qu'elle était inconsciente. Mais dès lors qu'elle s'éveillera, elle devra se soumettre à la loi, tout comme Jack.

– Mais alors, pourquoi espère-t-il sans cesse qu'elle se réveillera un jour ? demanda Theodora, qui revoyait Charles agenouillé au chevet de sa mère.

– Charles refuse d'admettre la rupture. Mais il le faudra bien. Si elle se réveille, l'Assemblée demandera instamment un procès.

– Mais tu es *Rex*. Tu pourrais la sauver, insista Theodora.

Tu pourrais sauver Jack.

– Personne n'est au-dessus du Code, Theodora. Pas même ta mère.

Theodora aurait juré avoir entendu de la souffrance dans sa voix.

– Alors Jack perdrait la vie d'une manière ou d'une autre.

Lawrence se racla la gorge et tapa sa pipe contre le cendrier de cristal pour en faire tomber la cendre.

– S'il brise le lien, même s'il parvient à échapper au procès, son esprit s'affaiblira. Il n'y a pas de mort pour les nôtres, et il sera absolument conscient de sa paralysie. Fort heureusement, il n'a jamais été tenté de revenir sur ses vœux. Abbadon a beau être un séducteur et un coquin, il est foncièrement fidèle. Il ne brisera pas si facilement ses liens avec Azraël. Mais Theodora, dis-moi, pourquoi tant d'intérêt ?

– On a eu un cours là-dessus en réunion de Comité, c'est tout, grand-père.

C'était donc pour cela que Jack ne voulait jamais en parler. Parce qu'il n'y avait pas moyen d'échapper au lien. Il lui avait menti. Un mensonge par amour. Il n'y avait aucun espoir pour eux deux. Il se mettait en danger en résistant.

Mimi avait raison. Mimi avait dit la vérité.

Sans le lien, Jack ne serait jamais le vampire qu'il était destiné à être. Il ne serait que la moitié de lui-même, affaibli et détruit. Cela se produirait lentement au fil des siècles, mais c'était bien ce qui arriverait. Son esprit mourrait. Et si cela ne le détruisait pas, c'est la loi qui s'en chargerait. Mimi le traquerait. Le Conclave le condamnerait au bûcher. En aimant Theodora, c'était son âme elle-même qu'il mettait en jeu. Plus longtemps ils continueraient à se voir, plus il se mettrait en danger.

Il fallait que cela cesse.

Elle repensa avec mélancolie à leur dernière rencontre. Lors de ces heures divines pleines d'art et de poésie, comme il était beau en parlant de briser le lien, de ce qu'il était prêt à risquer pour rester avec elle... Le tableau de Schiele lui revint à l'esprit. Ce n'était pas sans raison qu'elle l'aimait autant. Deux amants s'étreignant comme pour la dernière fois. Comme « La Rupture », le poème d'Anne Sexton, l'histoire de Theodora était une histoire de cœur brisé.

Il n'y aurait plus de nuits auprès du feu. Plus de livres glissés sous sa porte. Plus de secrets.

Au revoir, Jack.

Même si c'était dur, même si cela devait détruire jusqu'à son goût de la vie, Theodora savait ce qu'elle avait à faire.

Il lui faudrait dire encore un mensonge.

Un mensonge pour le libérer.

Transcription d'une conversation datée du 25/12/1998.

Cordelia Van Alen : Viens ici, mon enfant. Me reconnais-tu ?

Jordan Llewellyn : Séraphiel.

CVA : Très bien.

CVA : Sais-tu pourquoi je t'ai amenée ?

JL : *(La voix de l'enfant change.)* Je suis Pistis Sophia. La Vigie. Un esprit né les yeux grands ouverts, né en pleine conscience. Pourquoi m'as-tu éveillée ?

CVA : Parce que j'ai peur.

JL : De quoi as-tu peur ?

CVA : J'ai peur que nous ayons échoué. Que la bataille de Rome n'ait été qu'une farce. Que notre ennemi juré foule encore cette Terre, sans que je sache de quelle manière. Tu es Jordan Llewellyn. Dans ce cycle, tu es la fille de Forsyth Llewellyn. Si mes soupçons sont fondés, tu seras notre première ligne de défense.

247

JL : Que dois-je faire ?

CVA : Tu observeras, tu écouteras, tu surveilleras.

JL : Et ensuite ?

CVA : Si mes craintes sont justifiées, tu devras achever ce que nous n'avons pas su mener à bien à Rome. Mais je ne puis t'aider. Je suis liée par le Code. C'est la dernière fois que nous nous parlons.

JL : Je comprends, marraine.

CVA : Bonne chance, mon enfant. Emporte ma bénédiction dans ton voyage. Qu'elle te protège du danger. *Sta magnanima fortisque*. Sois forte et courageuse. Jusqu'à notre prochaine rencontre.

JL : À notre prochaine vie.

Trente-six

L a douleur.
     Une douleur fulgurante.

Comme si quelqu'un lui appliquait un fer rouge sur le cœur. C'était cuisant, brûlant. Elle sentit sa peau virer à l'écarlate, puis au noir, et huma l'odeur de la fumée qui s'élevait de sa chair carbonisée. Cela n'avait rien à voir avec l'attaque du Sanctuaire. Elle ne survivrait pas à ça.

Bliss se débattit dans les miasmes du sommeil, se força à s'éveiller. *Réveille-toi ! Réveille-toi !* Elle avait l'impression d'étouffer et d'être écartelée en même temps. Mais elle récupéra le peu de puissance qui lui restait, rassembla toutes ses forces, et parvint à repousser la douleur.

Il y eut un fracas et un hurlement.

Elle se réveilla en clignant des yeux et se redressa sur le divan. Elle s'était allongée pour faire une sieste dans leur suite en rentrant de la plage. Elle s'efforçait encore de comprendre ce qui s'était passé lorsque la porte s'ouvrit à la volée et que ses parents apparurent sur le seuil.

Dans la pénombre, elle vit Jordan recroquevillée par terre,

249

qui tenait à la main quelque chose de lumineux et de scintillant.

Ses parents évaluèrent rapidement la situation, presque pro-
fessionnellement, comme s'ils n'étaient pas surpris qu'un événement de ce genre se produise.

– Vite, BobiAnne, elle est encore sonnée. Jette le sort, dit
Forsyth tout en emmitouflant sa fille cadette dans les édre-
dons et les couvertures de l'hôtel.

– Mais qu'est-ce qui se passe ? Qu'est-ce que vous faites ?
demanda Bliss d'une voix incertaine.

Tout se passait beaucoup trop vite pour son esprit encore
hébété.

– Regarde, dit Forsyth en retirant une petite lame de la
main de Jordan et en la lançant à sa femme. Elle a crocheté la
chambre forte.

Bliss s'efforçait de donner un sens à tout cela, mais la pensée logique lui échappait tant elle était groggy et désorientée.
Était-elle en train de devenir folle, ou Jordan venait-elle d'essayer de la tuer ?

Elle tressaillit lorsque sa belle-mère lui posa une main sur
le front.

– Elle est un peu chaude, dit-elle à son mari.

Puis elle souleva la chemise de Bliss et examina son torse.

– Mais je crois qu'elle va bien.

Forsyth hocha la tête et s'agenouilla pour déchirer les draps
de Bliss en lanières afin d'attacher l'édredon qui empêchait
Jordan de bouger.

Pensant que la douleur était venue de l'émeraude, Bliss
baissa les yeux vers sa poitrine. Elle avait la sensation que la
pierre s'était enfoncée en brûlant dans sa peau, l'avait comme

marquée au fer. Mais lorsqu'elle la toucha, elle était froide comme d'habitude. Sa peau en dessous était lisse et intacte. Puis elle comprit. L'émeraude l'avait sauvée de l'arme qui venait de tenter de lui percer le cœur.

– Elle va bien, annonça BobiAnne après avoir vérifié ses pupilles et son pouls. C'est bien, ma fille. Tu nous as fait une belle peur.

Elle tapotait ses poches à la recherche de ses Marlboro light.

BobiAnne alluma une cigarette et tira dessus jusqu'à ce qu'elle forme une longue colonne de cendre. Bliss remarqua que le visage de sa belle-mère était parfaitement maquillé pour sortir, et que ses deux parents étaient en tenue de soirée.

– Que se passe-t-il ? Pourquoi Jordan m'a-t-elle attaquée ? demanda Bliss, qui avait enfin retrouvé sa voix et se tournait pour faire face à son père.

Il fallut à ce dernier quelques minutes pour répondre. La réputation de Forsyth Llewellyn au Sénat était celle d'un médiateur modéré, d'une personne douée pour négocier avec la partie adverse, pour apporter le consensus entre des factions opposées. Son charme texan tout en douceur faisait des merveilles dans les batailles partisanes de la législature.

Bliss voyait bien qu'il dirigeait à présent son charme vers elle.

– Mon trésor, il faut que tu saches que Jordan est différente de nous, dit-il en fixant solidement les liens qui retenaient sa petite sœur. Elle n'est pas des nôtres.

– Des nôtres ? Comment ça ?

– Tu comprendras plus tard, lui assura-t-il.

– On nous a forcés à la prendre. Nous n'avons pas eu le choix ! éclata BobiAnne, une certaine amertume s'insinuant

251

dans sa voix. C'est Cordelia Van Alen qui nous y a obligés. Cette vieille sorcière qui se mêle de tout.

– Jordan ne fait pas partie de la famille, ajouta le père de Bliss.

– Mais qu'est-ce que vous racontez ? s'écria-t-elle.

Cela commençait à faire beaucoup. Tous ces secrets, tous ces mensonges, elle n'en pouvait plus. Elle n'en pouvait plus qu'on la laisse dans le noir à tout propos.

– Je suis au courant pour Allegra ! déclara-t-elle subitement avec une expression de défi.

BobiAnne décocha à son mari un regard qui signifiait : « Je te l'avais bien dit. »

– Au courant pour Allegra ? s'enquit Forsyth d'un air innocent.

– J'ai trouvé ça...

Bliss mit la main dans sa poche et leur montra la photo avec l'inscription, qu'elle gardait sur elle en permanence.

– Tu m'as menti. Tu m'as dit que ma mère s'appelait Charlotte Potter. Mais il n'y a jamais eu de Charlotte Potter, pas vrai ?

Forsyth hésita.

– Non... mais ce n'est pas ce que tu crois.

– Alors explique-moi.

– C'est compliqué, soupira-t-il.

Ses yeux dérivèrent vers la vue panoramique sur la plage, désireux de ne pas croiser ceux de Bliss.

– Un jour, quand tu seras prête, je te dirai tout. Mais pas maintenant.

C'était exaspérant. Son père recommençait : il esquivait ses questions, restait évasif. Il lui masquait la vérité.

252

– Et Jordan ? demanda-t-elle.

– Ne t'inquiète pas. Elle ne te fera plus aucun mal, dit Forsyth d'une voix apaisante. Nous allons l'envoyer en sécurité.

– Vous l'envoyez au centre Transitions ?

– Quelque chose comme ça.

– Mais pourquoi ?

– Bliss, ma chérie, c'est mieux pour elle, dit BobiAnne.

– Mais...

Bliss était complètement désorientée. Ses parents parlaient de Jordan comme d'un chien qu'on enverrait à la campagne. Ils parlaient d'elle comme si elle ne comptait pas.

Mais elle devait bien admettre que le fonctionnement bizarre de la famille n'avait rien de nouveau. Elle repensa à la manière dont BobiAnne ne parlait jamais de Jordan avec amour, dont elle avait toujours clairement montré sa préférence pour Bliss, qui n'était même pas sa vraie fille. Et à son père qui avait toujours gardé ses distances avec son étrange cadette.

Petite, Bliss s'était parfois réjouie de l'indifférence de ses parents envers sa petite sœur. À présent, elle comprenait que c'était pathologique.

Ses parents *haïssaient* Jordan.

Depuis toujours.

TRENTE-SEPT

C'était l'hôtel, expliqua Oliver en regagnant la table. Quelqu'un est parti et une chambre s'est libérée. Ils m'ont demandé si je voulais la prendre. Donc tu as une chambre pour toi, dit-il à Theodora, le visage neutre.

– Merci, répondit-elle en s'efforçant de prendre une voix aussi normale que possible, même si elle avait un trou à la place du cœur.

Mais elle s'efforça d'extirper de sa tête toute image de Jack. Plus tard... elle pleurerait sa perte plus tard.

– Alors, pourquoi le Conclave est-il ici, Lawrence ? demanda Oliver. Est-ce à cause du Léviathan ?

– Le Conclave est là ? fit Lawrence avec brusquerie.

– Oh ! J'ai oublié de te le dire... Eh bien, oui. Tout le monde est là, expliqua Theodora. Je crois qu'ils sont arrivés hier soir.

Lawrence rumina cette dernière information en finissant son verre.

Comme si elle-même avait un don vampirique, la serveuse réapparut à ses côtés avec un nouveau cocktail.

– Encore des coladas sans alcool ? demanda-t-elle en désignant les verres à moitié bus, encore pleins de matière fondante, jaune et visqueuse.

– Un whisky pour moi, toussa Oliver.

– Deux, ajouta rapidement Theodora en se disant qu'elle affronterait la censure de son grand-père plus tard. Qui est le Léviathan ? s'enquit-elle ensuite en se tournant vers Oliver.

Autour d'eux, le bar commençait à se remplir de touristes couverts de coups de soleil qui arrivaient pour la *happy hour*, et un groupe de samba se mit à jouer un air entraînant.

– Si tu avais fait ta lecture, ma petite-fille, tu connaîtrais la réponse à cette question, rétorqua Lawrence.

– Le Léviathan est un démon, lui expliqua Oliver.

– L'un des sang-d'argent les plus puissants de tous les temps, dit Lawrence. Le frère du prince des Ténèbres en personne. Son bras droit.

Theodora frissonna.

– Mais quel rapport avec tout le reste ?

Elle trouvait la musique trop forte. Ces accords vifs et joyeux contrastaient radicalement avec leur sombre sujet de conversation.

– Le Corcovado est la prison du Léviathan, répondit Lawrence. C'est le seul endroit sur Terre qui pouvait le retenir. Il était trop fort pour être abattu, et trop enraciné dans la terre pour être renvoyé en enfer. Lors de sa capture, il fut emprisonné dans la roche sous la statue du Rédempteur. C'est ta mère elle-même qui l'y a emmené.

C'était donc cela que Lawrence lui avait caché le soir de son départ. Il l'avait protégée de la vérité et ne lui avait pas tout dit sur le Corcovado. Le Léviathan. Cette haine viscérale qu'elle avait ressentie le jour du défilé de mode. Si elle s'était un peu plus intéressée à ses livres, elle aurait pu le comprendre plus tôt. Mais elle s'était trop dispersée...

– Oui. C'était lui, le soir du tremblement de terre, confirma Lawrence. Il est la raison pour laquelle le Corcovado est gardé par l'élite des *Venator*. Nous avons toujours maintenu une forte présence ici.

– Maintenant je comprends, dit Theodora. Pourquoi tu es venu ici, je veux dire.

Lawrence opina.

– Au début, quand Kingsley a fait état de disparitions suspectes à Rio, cela m'a quelque peu troublé. Après le séisme, j'ai pris conscience que j'allais devoir saisir le problème à bras-le-corps et m'assurer que le Corcovado reste fortifié. Je me suis juré de ne pas quitter la ville tant que je ne serais pas sûr que la menace – si menace il y avait – était complètement écartée.

» Puis, il y a quelques semaines, les *Venator* ont confirmé que Yana, la jeune vampire portée disparue, avait simplement fugué pour prendre des vacances à la plage avec son petit ami, comme le pensait sa mère. Entre-temps, l'équipe de Kingsley avait retrouvé Alfonso Almeida, le patriarche disparu du clan sud-américain, après des recherches intensives dans les Andes. Mis à part des engelures et son incapacité à lire une carte, il allait bien.

» Donc, comme je te l'ai dit dans mes messages, tout était sécurisé. Il n'y avait pas de failles.

– Et le Léviathan ? demanda Oliver.

– Piégé pour l'éternité, pour ce que j'en savais, dit Lawrence avec dédain.

– Mais l'émission... le tremblement de terre... insista Theodora en criant pour couvrir la rumeur assourdissante de la foule et les percussions implacables de la samba.

257

– De simples symptômes de sa lutte pour se libérer de ses chaînes. Il n'en était pas à sa première tentative. Mais c'est inutile. Le Corcovado tiendra à jamais.

Il tapa de son verre contre la table, comme pour renforcer son affirmation.

– Mais alors, pourquoi le Conclave pense-t-il que le Corcovado représente un danger ? demanda-t-elle.

– Est-ce pour cela qu'ils sont ici ?

Theodora fit oui de la tête.

– Je ne sais pas. Mais Nan doit avoir ses raisons ; elle n'agirait jamais à la légère. (Lawrence vida son verre.) D'un autre côté, Kingsley n'a peut-être pas tort, ajouta-t-il à voix basse comme pour lui-même.

– Kingsley ! explosa Theodora. Comment peux-tu lui faire confiance, à celui-là ? Tu l'as dit toi-même, ne jamais se fier à une surface lisse. Il n'y a pas plus lisse que Kingsley.

– En réalité, Kingsley a prouvé sa loyauté envers l'Assemblée bien au-delà de l'appel du devoir. Ne parle pas de lui avec tant d'irrespect, ma petite-fille, dit Lawrence avec sévérité.

– Son petit numéro au Sanctuaire ? C'est comme ça qu'il a prouvé sa loyauté ?

– Kingsley n'a fait que ce qui lui était demandé. Il suivait les ordres du *Rex*.

– Tu veux dire que c'est Charles qui lui a demandé de convoquer le sang-d'argent ?

Theodora riait à moitié d'indignation. Michel était un archange. Jamais il n'aurait été capable d'une telle traîtrise.

– Toute chose a ses raisons. Peut-être même cet afflux soudain d'Aînés dans cette ville, conjectura Lawrence.

258

– Vous savez, les Almeida donnent un dîner ce soir, l'interrompit Oliver. Pour tout le Conclave. (Il regarda sa montre.) Je crois que c'est déjà commencé.

Lawrence fit un signe pour demander l'addition.

– Fort bien. Peut-être trouverons-nous là-bas les réponses que nous cherchons. Et au pire, les Almeida savent recevoir comme personne.

TRENTE-HUIT

Un coup sec fut frappé à la porte, et Bliss remarqua que ce bruit faisait sursauter ses parents. Forsyth se déplaça d'un pas rapide et regarda par l'œilleton.

– Tout va bien, dit-il en ouvrant.

Une femme à la mise sévère et élégante, aux cheveux blancs striés d'une mèche aile-de-corbeau, entra à grands pas dans la chambre, suivie de deux domestiques.

Bliss avait toujours eu un peu peur de la Sentinelle Cutler. C'était cette Aînée qui avait sondé son âme à la recherche de corruption sang-d'argent. Elle se rappelait encore la sensation dérangeante d'être jugée.

– Où est la Vigie ? demanda Nan Cutler.

BobiAnne indiqua le paquet au fond de la pièce.

– Vous l'avez mise en stase ?

Forsyth acquiesça de la tête.

– Oui. Elle ne se réveillera pas de sitôt.

– Nous avons trouvé ceci sur elle, dit BobiAnne en lui tendant l'arme de Jordan.

– Il nous faut trouver un moyen de le détruire, dit Forsyth ;

261

ce serait trop dangereux pour nous de l'utiliser. Je croyais que le sort suffirait à le conserver dans la chambre forte, mais apparemment elle a réussi à le désarmer. Elle est bien trop maligne.

– À supposer qu'il *existe* un moyen de le détruire, dit Nan. Cela n'est pas vulnérable au feu noir.

– Y parviendrez-vous ? lui demanda Forsyth.

– Vous ne serez pas suivies ? voulut savoir BobiAnne.

Bliss regarda la Sentinelle aux traits lugubres secouer la tête.

– Non, nous ne serons pas suivies. Nous ferons le nécessaire. C'est étonnant, en vérité, qu'elle ait attendu si longtemps pour passer à l'action. Mais n'ayez nulle inquiétude, je ferai en sorte qu'elle ne représente plus une menace pour nous.

Elle eut un regard dédaigneux dans la direction de l'édredon.

– Cordelia Van Alen a eu la faiblesse, comme toujours, de croire qu'envoyer la Vigie dans votre famille résoudrait quoi que ce soit.

– Il ne faut pas la sous-estimer, Nan, dit sèchement Forsyth. Cette bonne femme était fine. Elle savait que quelque chose se tramait.

– Dommage que sa petite meurtrière ait été aussi inefficace qu'elle-même, alors.

Sur un signe de Nan, ses domestiques ramassèrent le paquet et sortirent de la pièce.

Bliss ne voyait absolument pas de quoi ils parlaient, mais elle voulait désespérément le découvrir. *Qu'avait soupçonné Cordelia Van Alen ?*

– Nous devrions nous dépêcher, dit BobiAnne à son mari. Le dîner commence dans une heure.

Forsyth hocha la tête.

– Qu'est-ce qui se passe ? Où allez-vous ? demanda Bliss en ravalant des larmes de frustration. Où emmènent-ils Jordan ?

Elle se demandait ce qui avait poussé sa petite sœur à faire un geste aussi fou. Mais ses parents refusèrent de lui expliquer ou de lui dire quoi que ce soit au-delà de leurs commentaires sibyllins.

Ils s'en allèrent au grand dîner des Almeida comme s'il ne s'était rien passé du tout. BobiAnne dit même à Bliss qu'elle pouvait commander tout ce qu'elle voulait au *room service*.

Il fallait bien qu'elle l'accepte.

Jordan avait disparu.

Sa petite sœur, qui la suivait partout, qui tentait de l'imiter en tout. À cinq ans, Jordan avait voulu de longs cheveux bouclés comme sa sœur, et forcé les bonnes à employer le fer à friser sur ses mèches obstinément raides, pour que sa chevelure ressemble à celle de Bliss. Jordan, qui l'appelait « Biss » quand elle était bébé parce qu'elle ne savait pas prononcer son nom correctement. Jordan, qui lui avait offert chocolat et réconfort l'autre jour encore. Bliss s'aperçut qu'elle avait les larmes aux yeux.

Elle comprit qu'elle ne reverrait jamais Jordan.

Pourquoi ces larmes ? demanda une voix grave et compatissante.

Je suis triste.

Jordan a essayé de faire du mal à Bliss.

Je sais. Mais c'était ma sœur. Mon amie.

Quel genre d'ami est-on si on fait de la peine ?

Bliss se rappela soudain qu'elle avait eu la sensation d'être déchirée en deux. Elle n'avait jamais eu aussi mal de sa vie.

C'est Jordan qui avait fait cela. Elle avait visé le cœur. Elle avait tenté de tuer Bliss avec cette arme : quelque chose de lumineux et de doré, comme une épée.

Mais cela était différent de l'épée que son père conservait dans son bureau. L'épée que Forsyth avait utilisée lors de l'attaque du Sanctuaire – le jour où le sang-d'argent avait tué Priscilla Dupont – était d'un or jaune terne. La lame employée par Jordan irradiait une lumière vive et blanche.

Nan Cutler avait dit qu'on ne pouvait la détruire, et Bliss se remémora soudain les paroles de Mimi : la Lame de justice avait disparu. Était-ce son père qui avait l'épée de Michel ? La seule chose au monde qui pût tuer Lucifer ? L'épée de l'archange ? Et si oui, pourquoi Jordan l'avait-elle retournée contre elle ? Bliss sentait monter une migraine lancinante.

Je n'avais pas le choix, lui avait dit sa sœur dans l'après-midi.

Pourquoi ?

Bliss cessa peu à peu de plaindre Jordan. Elle commença à se réjouir qu'ils l'aient éloignée. Où qu'ils l'aient emmenée, Jordan méritait d'y être. Bliss espérait que c'était une oubliette noire et profonde où Jordan pourrait réfléchir à ses crimes pour l'éternité.

Excellent, dit la voix au fond de sa tête. Elle la reconnaissait à présent. On aurait dit l'homme au complet blanc. Celui qui l'appelait « ma fille ».

Puis une fois de plus elle put voir, mais sans voir. Elle allait perdre conscience. Oui, c'était en train d'arriver. Elle s'efforça de retenir sa vue, tenta de lutter, mais la même voix dans sa tête lui dit : « Lâche prise. »

Et Bliss lâcha prise.

Elle découvrit que c'était un doux soulagement de se soumettre.

TRENTE-NEUF

Mimi choisit une délicieuse petite robe de cocktail Valentino pour le dîner. C'était une pièce sur mesure, noir et blanc, avec un bustier serré qui accentuait sa taille fine. Une large bande noire et un spectaculaire nœud de dentelle ajoutaient juste la bonne touche d'insouciance juvénile. Elle l'avait rapportée directement du défilé couture pour l'emporter au Brésil, car elle savait que la concurrence serait rude avec toutes ces Almeida, ces Da Lima et ces Ribeiro : des Brésiliennes détestablement belles avec des garde-robes de compétition.

Elle ne comprenait toujours pas ce qu'ils faisaient tous à Rio. Cela avait à voir avec Lawrence, bien sûr. Quant à Kingsley, elle ne savait pas trop. Nan Cutler, cette vieille bique ridée, était un peu vague sur le sujet. Mais tel était l'usage au Conclave : on ne critiquait pas les chefs. Si Nan Cutler voulait voir tous les Aînés au Brésil, les Aînés se rendaient tous au Brésil.

Un agent de sécurité vint la chercher à son hôtel pour la conduire jusqu'à l'immense villa. Mimi s'amusa du fait que,

265

si la demeure gigantesque de ses hôtes offrait une vue grandiose sur la ville, ces petites cabanes misérables qu'elle avait vues en route, précairement accrochées au bord de la falaise, avaient sans doute une vue encore plus belle.

Elle s'attendait à plus de tralala, et s'étonna de constater que seuls les autres membres du Conclave étaient attendus. D'habitude, les Brésiliens donnaient des réceptions énormes, avec danseurs de samba et festivités jusqu'au bout de la nuit. Mais cette soirée était calme, et Mimi bavarda poliment avec quelques Sentinelles et avec l'intimidante épouse d'Alfonso Almeida, *doña* Beatrice, avant de prendre place à table.

Le premier plat fut servi : un velouté de champignons chaud et riche, composé d'un bouillon clair versé sur un monticule de pâte de champignons. Mimi commença par une petite gorgée prudente. C'était délicieux.

– Dites-moi, Edmund, à propos de notre comité d'invitations pour le Gala de printemps... dit-elle en se tournant vers le convive assis à sa droite.

Elle avait espéré rencontrer plus de savoureux Brésiliens à cette soirée, mais puisqu'il n'y en avait point, elle en profitait pour régler quelques questions de Comité non résolues.

– La petite amie du maire a donc déjà refusé ? s'enquit Edmund en se tamponnant les coins de la bouche avec sa serviette.

Mimi fit la grimace.

– Nous ne lui avons pas demandé. Vous n'êtes pas sérieux. Elle est tellement mal fagotée ! Et en plus, elle ne s'intéresse pas du tout à la danse classique, vous savez.

Edmund Oelrich eut un petit rire en sirotant son vin, puis

se mit à s'étrangler. Elle supposa qu'il avait avalé de travers, mais soudain du sang jaillit de sa bouche. Mimi poussa un hurlement. La Sentinelle en chef avait été poignardée dans le dos. À sa gauche, Sophia Dupont était effondrée dans sa soupe, une dague d'argent enfoncée dans les reins.

Puis les lumières s'éteignirent et tout fut plongé dans le noir.

Un guet-apens, pensa Mimi, envahie par un calme surnaturel alors qu'elle plongeait sous la table, plus rapide que la lame visant son cœur qui était à présent plantée dans le dossier de sa chaise.

Les sang-d'argent !

Bien sûr. Mais les Almeida... ils étaient de lignée royale ! Comment avaient-ils pu retourner leur veste ?

Le combat fut silencieux et prompt. À peine y eut-il un cri ou une plainte : rien que le bruit épouvantable de ses collègues Sentinelles gargouillant dans leur sang. Le Conclave se faisait massacrer.

Mimi tenta de rassembler ses pensées, de se remémorer ce qu'elle savait, de se rappeler comment les combattre. Seigneur, il y avait des siècles qu'elle n'avait pas affronté les monstres. Bliss lui avait décrit sa vision d'une créature ténébreuse aux yeux d'argent et aux pupilles écarlates le soir de l'attaque du Sanctuaire. Mais les sang-d'argent pouvaient prendre toutes les formes qu'ils voulaient pour camoufler leur aspect véritable.

Mimi se força à réfléchir, à se souvenir. Sa mémoire réagit en inondant son esprit d'images qui la firent presque hurler. Une course dans une forêt noire, les branches des arbres qui lui griffaient la peau, le bruit de ses sandales en cuir claquant

267

sur le sentier de terre, la sensation de la poussée d'adrénaline alors qu'elle courait pour sauver sa vie... Mais que se passait-il ? C'était *elle* la poursuivante. La bête la fuyait, *elle*. Elle vit sur sa peau la marque de Lucifer, qui brillait dans le noir.

Elle revint au présent. Bien que la pièce fût plongée dans l'obscurité, ses yeux de vampire lui permirent de voir Dashiell Van Horn poignardé en plein cœur et d'observer Cushing Carondolet vidé de son sang, tandis qu'un sang-d'argent tenait fermement la vieille Sentinelle. La pièce résonnait de bruits de succion violents pendant que les vampires prédateurs buvaient le sang ou disposaient des corps. Lorsqu'ils en auraient terminé, les sang-d'argent prendraient la forme de leurs victimes. Le vampire qui avait été Dorothea Rockefeller n'était plus. Remplacé par un cadavre ambulant aux yeux morts.

Trop d'Aînés étaient lents et en mauvaise forme. Pas entraînés. Ils avaient oublié comment se battre.

C'est d'une main tremblante que Mimi s'empara de son épée, actuellement de la taille d'une épingle, qu'elle avait rangée dans son sac du soir pailleté. C'était sa seule chance de sortir vivante de cette maison. Mais l'ennemi était supérieur en nombre. Jamais elle ne serait capable de rejoindre la liberté en taillant dans le vif. Pas maintenant. Ils étaient trop nombreux pour qu'elle les prenne un par un. Dieu, qu'ils étaient nombreux ! Comment aurait-on pu se douter qu'il y en avait tant ? D'où sortaient-ils ? Il lui faudrait se cacher. C'était son seul espoir de survie.

Centimètre par centimètre, elle sortit lentement de la salle à manger, emprunta le couloir et se dirigea prudemment vers la sortie. Jusque-là, elle ne s'était pas fait remarquer. Jusque-là.

– Azraël.

La voix était froide et comme morte.

Mimi, tournant la tête, vit Nan Cutler debout derrière elle, une épée pointée sur son menton. La Sentinelle s'était dépouillée de son aspect de vieille chouette : elle paraissait aussi jeune que Mimi, et infiniment forte. Ses cheveux blancs étaient à présent vieil or, et sa mèche était devenue une brillante rivière noire.

– Toi ! l'accusa Mimi.

Mais les Cutler faisaient partie des sept familles d'origine. L'une des plus anciennes et des plus respectées. Nan Cutler était Harbonah. L'ange de l'Annihilation. Elles avaient combattu côte à côte pendant la première Inquisition, lorsque Michel avait dirigé une armée céleste et décimé l'ennemi, les vampires renégats.

– Mais pourquoi ? demanda-t-elle en pivotant vivement et en dégainant son épée, avec laquelle elle balaya celle de Nan.

En réponse, Nan s'avança en brandissant sa lame, tranchant l'air là où s'était trouvée Mimi.

Ses yeux lancèrent des éclairs.

– Tu n'es pas obligée de périr, dit-elle en plongeant vers l'avant.

Mimi poussa un grognement, para l'assaut et contre-attaqua vivement.

– Tu pourrais nous rejoindre. Rejoindre tes frères et sœurs qui mènent encore le bon combat.

Cette sorcière débile croit vraiment que je vais me rallier à eux ? Après tout ce qu'Abbadon et moi avons traversé pour assurer la paix fragile que nous avons trouvée sur Terre ? pensa Mimi.

– Tu es des nôtres. Tu n'as pas ta place dans la Lumière. Ce n'est pas ta vraie nature, Pourvoyeuse de mort.

269

Mimi, refusant de répondre, chercha plutôt à localiser le point faible de Nan. Elles combattirent dans toute la pièce, qui commençait à s'emplir de fumée noire.

Ils font brûler la maison, pensa Mimi, paniquée. *Ils la brûlent au feu noir*, le seul qui pût détruire le *sangre azul*... le sang bleu immortel qui coulait dans leurs veines. Détruire le sang, détruire le vampire... les souvenirs perdus à jamais. La mort véritable pour leurs semblables.

Nan entailla le bras de Mimi avec sa lame, c'était son arme qui versait les premières gouttes de sang.

Salope !

Ça fait mal !

Mimi, oubliant la peur, se précipita en avant sans une pensée pour sa sécurité. Elle poussa un cri de guerre, un cri qui ne lui vint qu'à cet instant. Un cri que Michel lui-même avait poussé pour rallier ses armées sur le champ de bataille.

– *NEX INFIDELIBUS*, rugit-elle. *Mort aux infidèles ! Mort aux traîtres !*

Elle était Azraël. Dorée et terrifiante. La chevelure, le visage et l'épée embrasés par une lumière flamboyante, incandescente.

Et d'un geste large et puissant, elle trancha la fausse Sentinelle en deux.

Puis elle recula en titubant. La fumée noire lui emplissait les poumons. Il fallait qu'elle sorte de là. Elle tâtonna jusqu'à la porte d'entrée et l'ouvrit brutalement... juste au moment où un homme aux cheveux noirs arrivait en sens inverse. En l'espace d'une seconde il tenait un couteau contre sa gorge.

Son cœur sombra.

L'homme qui la tenait captive était Kingsley Martin.

Le traître au sang d'argent.

Elle était perdue.

QUARANTE

L awrence avait insisté pour conduire, et tandis qu'ils avançaient sur les méandres de l'autoroute plongée dans la
nuit, Theodora ne put s'empêcher de remarquer les minuscules lumières qui vacillaient sur la colline et de s'extasier sur
leur beauté.

– Oui, mais ça vient sans doute des bidonvilles, ce qui veut
dire que l'infrastructure électrique n'a pas été installée correctement. Et représente un gros risque d'incendie, lui fit remarquer Oliver.

Theodora soupira. La ville était faite de juxtapositions : pau-
vreté et richesse, crime et tourisme, dans un mélange entê-
tant, vertigineux. Il était impossible d'admirer la beauté sans
remarquer aussitôt la laideur.

Ils prenaient un virage particulièrement serré lorsque Lawrence gara soudain la voiture sur le côté de la route et s'effondra en avant sur son siège.

– Grand-père ! cria-t-elle, affolée.

Elle vit ses yeux se mettre à osciller d'un côté à l'autre,
comme s'il était endormi sans l'être. Il recevait une émission.

Lorsque cela cessa, il avait un teint de cendre. L'espace d'un instant, Theodora crut qu'il allait s'évanouir.

– Qu'est-ce qui s'est passé ? Qu'est-ce qui ne va pas ?

Son grand-père sortit son mouchoir, le secoua et le pressa contre son front.

– C'était Edmund Oelrich juste avant sa mort. Tout le Conclave. Massacré. Ceux qui n'ont pas brûlé ont été emportés.

– Ils sont tous morts ? s'étrangla Theodora. Mais comment ? Pourquoi... ? (Elle lui agrippa le bras.) Comment ça, ils sont tous morts ?

Elle se tourna vers Oliver, assis sur la banquette arrière, pour chercher son aide. Mais le choc l'avait réduit au silence, et son visage était un masque de confusion désespérée.

– Les Almeida étaient des sang-d'argent, dit Lawrence en balbutiant d'une manière qui ne lui ressemblait pas. Ils ont abattu leurs cartes ce soir. Je m'en doutais, c'est pour cela que j'étais resté à Rio plus longtemps que prévu, mais Alfonso avait passé le test avec succès. Il n'avait pas la marque de Lucifer. On m'a trompé. (Lawrence tremblait.) Mais ils étaient aidés. Edmund m'a dit que Nan Cutler était des leurs.

Theodora se mordit la lèvre.

– Nan Cutler ! s'exclama Lawrence, qui semblait écrasé par cette blessure. Pendant la crise de Rome, elle a participé activement à la défaite des sang-d'argent. J'ai été aveuglé par ses années de fidélité au Conclave. C'est ma faute, j'ai péché par excès de confiance alors que j'aurais dû rester sur mes gardes.

Abruptement, Lawrence fit faire demi-tour à la voiture, obligeant celle qui venait en face à faire une folle embardée pour l'éviter.

– Kingsley avait raison... J'ai trop placé ma confiance dans les vieilles allégeances, dit-il en mettant le pied au plancher.

La voiture bondit en avant.

– On va où ?

– Au Corcovado.

– Maintenant ? Mais pourquoi ?

Lawrence serrait fermement le volant.

– L'attaque sur le Conclave ne peut vouloir dire qu'une chose : les sang-d'argent ont l'intention de libérer le Léviathan.

Ils se garèrent devant l'entrée menant à la statue du Rédempteur et sortirent en courant de la voiture. Le parking était vide et silencieux, et ils voyaient la statue illuminée d'en dessous par des spots.

– Camoufle-toi, ordonna Lawrence à Theodora. Et toi, tu restes ici, dit-il à Oliver.

Oliver commença à protester, mais un seul regard de Lawrence le réduisit au silence.

– Je ne peux pas, avoua Theodora à son grand-père. Je ne sais pas accomplir la *mutatio*.

Lawrence avait déjà pris la forme du jeune homme au nez aquilin et à l'attitude impériale qu'elle avait vu pour la première fois à la Biennale de Venise.

– Bien sûr que si, dit-il en sautant la barrière avec aisance.

– Grand-père, je ne peux pas. Je ne sais pas me transformer en brume ou en animal, dit-elle en le suivant.

– Qui a dit que tu pouvais le faire ? lui demanda-t-il tandis qu'ils gravissaient quatre à quatre les escaliers en zigzag menant à la statue.

Dans leur course, leurs pas ne faisaient presque aucun bruit sur le sol de béton.

– Comment ça ?

– Tu es sans doute comme moi. Je suis incapable aussi de me transformer en nuage ou en créature. Mais je peux modifier mes traits, comme ceci, pour prendre une apparence différente mais humaine. Essaie.

Theodora essaya. Elle ferma les yeux et se concentra sur l'idée de changer les traits de son visage, et non sa forme entière. En quelques secondes elle découvrit qu'elle s'était effectivement transformée en l'une des riches *patronas* argentines pomponnées qui prenaient leurs vacances dans le pays.

Ils atteignirent le sommet du mont et se tinrent debout sous la statue. Il n'y avait personne. Tout était calme et paisible.

Ce n'était pas la première fois de la soirée que Theodora se demandait si son grand-père n'était pas en train de perdre la boule. N'étaient-ils pas au mauvais endroit ? Pourquoi les avait-il amenés ici ? Dans quel but ?

– Il est peut-être trop tard. Ou alors ils ne viendront pas. On devrait aller chez les Almeida voir si...

– CHUT ! lui ordonna Lawrence.

Elle se tut.

Ils firent le tour de la base de la statue. Rien. Ils étaient seuls. Theodora commençait à paniquer. Que faisaient-ils ici alors que les leurs se faisaient tuer ailleurs ? Ils feraient mieux de s'en retourner ; c'était une grave erreur.

Elle se dirigea vers la face nord-est, persuadée que Lawrence avait mal deviné. Il n'y avait rien à...

– Theodora ! ATTENTION ! hurla Oliver.

Il avait grimpé à leur suite, bien décidé à ne pas rester en arrière.

Theodora leva les yeux. Un homme en complet blanc se tenait juste devant elle, une épée dorée pointée droit vers sa poitrine.

Elle plongea au sol et s'y cogna durement, juste au moment où Lawrence tirait son arme d'un fourreau dissimulé dans sa veste.

Les deux épées s'entrechoquèrent, l'une dorée et flamboyante, l'autre glacée et argentée, les métaux sonnant l'un contre l'autre, résonnant en écho jusque dans la vallée en contrebas.

QUARANTE ET UN

– Traître à ton sang ! siffla Mimi.

– Pose ton arme, Azraël, dit tranquillement Kingsley, qui tenait toujours la sienne.

– Tu apprendras que je ne suis pas une proie aussi facile que les autres, grinça-t-elle.

– De quoi parles-tu ? J'ai vu la fumée noire depuis la rue. Mon Dieu, que s'est-il passé ici ?

– C'est toi qui as tout organisé. Ne fais pas l'innocent. Nous savons tous qui tu es vraiment, Croatan.

Mimi cracha en lui décochant un regard de pur dégoût.

– Je comprends que tu aies du mal à le croire, mais moi-même je viens juste de réussir à me débarrasser d'un vilain sort paralysant, dit-il d'un ton aigre. J'étais allé chercher Alfonso pour notre partie de golf habituelle, et sans savoir ce qui m'arrivait je me suis retrouvé enfermé dans le coffre de ma voiture. Dès que j'ai pu me sortir de là je suis venu avertir les autres.

Mimi renifla. Quelle belle histoire il lui racontait là. Le voilà qui jouait encore les victimes. Mais oui, bien sûr, il s'était fait séquestrer. Alors qu'il n'aurait eu aucun mal à sortir de la maison par-derrière et à revenir par-devant.

Mais qu'avait-il à gagner à la garder en vie ? Pourquoi n'en finissait-il pas tout de suite ? Il n'avait qu'à lui trancher la gorge, et ce serait terminé.

– Où est Lawrence ?

Kingsley toussa tandis que plusieurs explosions secouaient le sol sous leurs pieds.

– J'ai essayé de lui envoyer un message, reprit-il, mais je ne l'ai pas trouvé par le *Glom*.

– Il n'est pas ici, dit Mimi tout en remarquant que Kingsley avait abaissé son poignard.

Elle aurait pu le tuer tout de suite, pendant que sa garde était baissée. Mais s'il disait la vérité ? À moins que ce numéro ne fasse partie de son piège ?

Avant qu'elle ait pu prendre une décision, il y eut un grand fracas, et Forsyth Llewellyn apparut. Il portait le corps inerte de sa femme. Ses vêtements étaient roussis, et il avait une plaie profonde au front. Lui aussi avait donc survécu. Mimi se sentit un tout petit peu mieux. Peut-être y avait-il encore des survivants. Mais où étaient passés tous les sang-d'argent ? Depuis qu'elle avait abattu Nan Cutler, les autres semblaient s'être envolés en fumée.

– Tout le monde à part nous est mort, dit Mimi à Forsyth. Vous et moi, il ne reste plus que nous. J'ai vu Edmund tomber, Dashiell, Cushing... tout le monde. Et Nan.

– Nan est morte ? demanda Forsyth, atterré.

– Elle était des leurs, lui dit Mimi, que la fumée faisait larmoyer. Je l'ai tuée moi-même.

– Tu...

278

– Allez, il faut sortir d'ici, dit Kingsley en les éloignant de la porte, qui s'effondra au sol en flammes.

Si Kingsley voulait sa mort, il n'agissait pas en conséquence, en tout cas.

– Merci, dit-elle en remettant son épée – de nouveau réduite à la taille d'une épingle – dans son sac, qu'elle tenait toujours miraculeusement à la main, comme elle venait de s'en apercevoir.

Kingsley ne répondit pas, et ses traits se durcirent tandis qu'il regardait par-dessus son épaule. De son côté, Forsyth Llewellyn paraissait complètement perdu, assis au milieu de la rue, la tête entre les mains.

Mimi se retourna pour suivre le regard de Kingsley. L'imposante villa du xviiie siècle n'était plus qu'une énorme boule de feu noir. C'était un crématorium. Les sang-d'argent étaient de retour. Et ils avaient frappé l'Assemblée en plein cœur.

La Seconde Grande Guerre était commencée.

QUARANTE-DEUX

De très loin, Theodora entendait des grognements et des cris, et le bruit clair du métal contre le métal.

Réveille-toi.

Réveille-toi, mon enfant.

Il y avait une voix dans sa tête. Une émission.

Une voix qu'elle avait déjà entendue.

Elle ouvrit les yeux. Sa mère était debout devant elle. Allegra Van Alen, toute de blanc vêtue, tenait une épée dorée dans ses mains. *Pour moi ?*

Ce qui fut à moi te revient de plein droit.

Abasourdie, Theodora prit l'épée. Au même moment, l'image de sa mère disparut. *Allegra... reviens...* pensa-t-elle, soudain effrayée. Mais un cri désespéré d'Oliver la ramena au présent.

Levant la tête, elle vit son grand-père engagé dans une lutte sans merci avec son adversaire. L'épée de Lawrence tomba au sol. La présence blanche et étincelante le dominait de toute sa hauteur, brillante, aveuglante comme un soleil regardé en face. C'était le Pourvoyeur de lumière. L'Étoile du matin.

Elle sentit son sang se figer.

Lucifer.

– Theodora !

La voix d'Oliver était rauque.

– Tue-le !

Theodora leva l'épée de sa mère, la vit miroiter dans le clair de lune : une longue hampe, pâle et mortelle. Elle la dirigea vers l'ennemi. Courut de toutes ses forces. Poussa son arme vers le cœur.

Et le rata.

Mais elle avait laissé à Lawrence le temps de reprendre son arme, et c'est sa lame à lui qui trouva son but, s'enfonça dans la poitrine de l'ennemi et versa son sang.

Ils avaient gagné.

Theodora, soulagée, s'effondra au sol.

Alors il y eut un formidable craquement dans le ciel, le bruit des cieux qui s'ouvraient, un roulement de tonnerre rugissant, assourdissant. Puis la statue se brisa en deux. Ses fondations mêmes se disloquèrent. Il y eut un grondement sourd, et sous leurs pieds le sol se mit à trembler et se déchira.

– Qu'est-ce qui se passe ? hurla Theodora.

Une flamme sombre surgit du sol, et un puissant démon aux yeux écarlates et aux pupilles argentées bondit vers le ciel. Il poussa un rire profond et tonitruant et, de son épée flamboyante, épingla Lawrence au sol, là où il était couché.

QUARANTE-TROIS

L e démon disparut. La brume se leva et Theodora tituba jusqu'à l'endroit où son grand-père était tombé. Là où il gisait immobile, les yeux grands ouverts.

– Grand-père... dit-elle, éplorée. Oliver, fais quelque chose ! ajouta-t-elle tout en essayant d'étancher le flot de sang saphir et sombre qui s'écoulait de la plaie ouverte, du trou béant aux contours ondulés qui s'ouvrait dans la poitrine de Lawrence.

– C'est trop tard, chuchota Oliver en s'agenouillant auprès de lui.

– Qu'est-ce que tu racontes ? Non... Il faut trouver un flacon... pour le prochain cycle. L'apporter à la clinique.

– L'épée du Léviathan est empoisonnée. Elle rongerait son sang, dit Oliver. Le feu noir est en lui. Il est perdu.

Son beau visage était froissé par le chagrin.

– Non ! hurla Theodora tandis que les larmes roulaient sur ses joues.

Un gémissement s'éleva de l'autre versant du mont et, se retournant, ils virent le corps de l'homme en complet blanc commencer à changer. Ses traits s'adoucirent, s'effacèrent, et la silhouette dorée disparut pour faire place à un garçon ordinaire en blouson de cuir noir.

Un garçon aux cheveux bruns.

– Ce n'est pas un sang-d'argent, ça, dit Oliver.

– Il devait être possédé, dit Theodora, dont la voix se brisa légèrement tandis qu'Oliver faisait quelques pas pour aller doucement fermer les paupières de Dylan.

Theodora remarqua des larmes dans les yeux d'Oliver, comme il y en avait dans les siens.

– Oui.

– L'amnésie... c'était la *Consumptio alienans*, dit Theodora en comprenant à quel point ils avaient été trompés.

– Un vieux tour des sang-d'argent, dit Oliver en opinant. Déguisé en Lucifer lui-même, afin que Lawrence tue l'un des siens. Un innocent.

Theodora hocha la tête.

– Je l'ai senti, Oliver... Lawrence l'a forcément senti aussi, mais sans doute trop tard. Il y avait quelque chose qui clochait. La lumière était aveuglante, on ne pouvait même pas le regarder en face. C'était une diversion, pour qu'on ne puisse pas voir ce que nous avions devant nous. L'image de Lucifer était tellement puissante qu'elle nous a désarçonnés. J'aurais dû utiliser l'*animadverto*.

– C'est un plan bien exécuté. Le Léviathan a été libéré par la mort de Dylan. Les liens de la prison ne peuvent être brisés que lorsqu'un sang-bleu commet le pire de tous les crimes : l'assassinat d'un de ses semblables. C'est dans les livres, dit Oliver.

– Grand-père, dit doucement Theodora en prenant la main de Lawrence dans la sienne.

Ils avaient passé trop peu de temps ensemble ; elle avait encore tant de choses à apprendre, il avait encore tant de choses à lui enseigner !

Puis pour la dernière fois, elle entendit la voix de Lawrence dans sa tête.

Écoute-moi.

Je n'étais pas à la hauteur de cette tâche. Je n'ai rien appris au fil des siècles. Je n'ai pas trouvé le prince des Ténèbres. Je ne suis pas un bon gardien. Tu dois demander à Charles... Tu dois l'interroger sur les portes... sur l'héritage des Van Alen et sur les chemins des Morts. Il y a forcément une raison pour que les sang-d'argent aient pu si facilement s'engouffrer dans les divisions entre les mondes.

– Quelles portes ? Quels chemins ?

Tu es la fille d'Allegra. Ta sœur sera notre mort. Mais tu es notre salut. Tu dois prendre l'épée de ta mère et le tuer, lui. Je sais que tu triompheras.

Puis Lawrence ne dit plus rien.

QUARANTE-QUATRE

Du sang sombre. Il y avait du sang partout. Sur son visage. Dans ses yeux. Sur ses mains. Sur ses vêtements. Lentement, il commença à s'effacer. La nuance métallique devint blanche puis invisible à mesure que l'air froid de la nuit frappait le liquide. Le sang de vampire...

Bliss regardait fixement ses bras.

Que s'était-il passé ?

Elle ne se souvenait de rien. Elle avait eu une absence.

Vraiment ?

Les souvenirs commencèrent à affluer.

Elle se revit monter en voiture avec ses parents, revit leur signe de tête. Ils voulaient qu'elle les accompagne, finalement. Comme c'était étrange. C'était comme se retrouver dans un film. Elle voyait avec ses yeux, mais était incapable de bouger les bras et les jambes, ou même de parler. Quelqu'un d'autre s'en chargeait pour elle.

Il y avait quelqu'un d'autre dans son corps.

L'homme au complet blanc.

Oui.

287

Je suis toi. Tu es moi. Nous ne sommes qu'un, ma fille.

Ils étaient arrivés à une grande maison au sommet d'une colline, et Bliss se rappelait s'être cachée dans l'ombre jusqu'à ce que le moment soit venu. Elle avait assisté à la tuerie, submergée par un sentiment d'horreur. Le massacre qu'elle avait infligé de ses mains. Elle était restée prisonnière de son corps, simple silhouette désespérée, piégée dans sa tête pendant que l'autre prenait le contrôle. À l'intérieur elle avait tempêté, pleuré, hurlé. Mais elle était sans pouvoir, sans la moindre capacité à s'arrêter elle-même.

Lentement, elle commença à se rappeler ce qui s'était passé pendant ses absences. À prendre conscience de la vérité.

C'était elle qui avait attaqué Dylan le premier soir au *Bank*. Elle avait voulu le saigner entièrement, mais quelque chose – une attraction résiduelle pour lui – l'avait arrêtée, alors elle avait pris Aggie à sa place. Elle avait tenté deux fois de prendre Theodora. C'était pour cela que sa chienne avait aboyé après elle : si Theodora ignorait sa vraie nature, Beauty, elle, la connaissait. Puis elle s'était attaquée à Cordelia, elle l'avait presque prise, l'aurait fait si Dylan ne l'avait pas arrêtée.

Dylan avait constitué un problème. Il savait sans savoir. C'était pour cela que sa mémoire était tellement brouillée en permanence. Il connaissait la vérité alors qu'elle s'était efforcée de l'effacer de sa conscience.

La première fois qu'il était revenu la mettre en garde contre les sang-d'argent s'était soldée par cette scène sanglante dans la salle de bains. Elle se rappelait sa veste en cuir imprégnée de sang, les griffures sur son visage et le bleu sur son cou à elle. Mais il s'était échappé, et elle avait dû en envoyer d'autres à sa poursuite. Seulement, les *Venator* l'avaient trouvé les premiers. Oliver s'était trompé. Ce n'étaient pas des sang-d'argent. Ils avaient libéré Dylan lorsqu'ils avaient découvert son innocence.

Il était libre de lui revenir.

L'idiot, le pauvre idiot.

« Je sais qui est le sang-d'argent, avait dit Dylan le soir où il avait traversé sa vitre. C'est toi. »

Et sur-le-champ, elle avait modifié sa mémoire. Pour lui faire croire que c'était Theodora.

Une petite voix triste en elle se mit à pleurer.

Je l'aimais. J'aimais Dylan.

Nous n'aimons personne.

Personne sauf nous-mêmes.

Forsyth savait depuis le début. C'était pour cela qu'elle n'avait jamais pu se résoudre à le questionner sur Dylan, car quelque part dans son subconscient, elle connaissait la raison pour laquelle son père lui cachait des choses. Car une partie d'elle-même refusait d'accepter ce qu'elle était.

Avant de partir elle avait regardé la maison livrée aux flammes, puis avait conduit une voiture dont le coffre dissimulait un corps. Dylan. Elle l'avait emmené au sommet du mont, où attendaient Lawrence et Theodora. Elle l'avait emmené au Corcovado, où il serait sacrifié. Là, elle l'avait façonné à son image.

Elle l'avait amené jusqu'à sa mort.

C'était l'épée de Lawrence qui avait frappé, mais c'était elle qui l'avait tué.

Comme elle en avait tué tant d'autres.

Elle entendit les voix de tous ceux qu'elle avait pris. Tous étaient là, dans sa tête, à hurler, à pleurer.

SILENCE !

Nan Cutler était dans le coup, comprit-elle. Nan était la Sentinelle qui avait cherché la marque de Lucifer dans son cou. C'était elle qui l'avait lavée de tout soupçon au cours de l'enquête. Soudain, Bliss eut une idée. Elle souleva ses cheveux de son cou et toucha sa peau du bout des doigts. Elle la sentit tout de suite. Elle se tourna vers le miroir et la vit. Une fine cicatrice en forme d'étoile qui la marquait comme la propriété du diable.

Mais pourquoi ? demanda la petite voix triste.

Est-ce bien celle qui se fait appeler Bliss ? Est-elle encore là ?

Oui, dit la même toute petite voix. C'était la voix de Bliss Llewellyn. La voix de Maggie Stanford avant elle. C'était toujours pareil. À chaque cycle. Ils ne voulaient jamais accepter la vérité sur leur héritage.

Je ne savais pas.

Je n'ai jamais voulu cela.

Tes désirs sont immatériels. Maintenant, reprends-toi et marche vers tes amis. Tout ne s'est pas passé conformément au plan. Certains d'entre nous ont été tués. Il nous faut de nouveau attendre notre heure.

Je sais qui vous êtes à présent, dit « Bliss ».

Vous êtes Lucifer.

Le Pourvoyeur de lumière.

L'Étoile du matin.

L'ancien prince des Cieux.

Son père véritable et immortel.

QUARANTE-CINQ

L awrence était mort. Theodora avait l'impression que son cœur allait voler en éclats sous le coup de la perte de son grand-père bien-aimé. Comment pouvait-on laisser arriver des choses pareilles ? De quoi lui avait-il parlé ? De sa sœur ? Qui ? Quoi ?

Les premiers rayons de l'aube embrasèrent le sommet. Une silhouette gravissait les marches.

– Quelqu'un vient, l'avertit Oliver.

– Ce n'est que Bliss, dit Theodora au moment où leur amie les rejoignait. Dieu merci, tu n'as rien.

– Ma sœur est morte. Ma belle-mère aussi. Je ne sais pas où est mon père, dit Bliss d'une voix monocorde et étranglée. Il y avait de la fumée noire. Le Conclave... Ils se sont fait... Qu'est-ce qui s'est passé ici ? demanda-t-elle en voyant les corps de Lawrence et de Dylan étendus face contre terre.

– C'est... Oh, mon Dieu !

Theodora prit Bliss par la taille et la laissa sangloter sur son épaule.

– Je suis désolée, vraiment désolée.

Bliss se dégagea de l'étreinte de Theodora et s'agenouilla auprès du corps du garçon qu'elle aimait. Elle le berça dans ses bras et ses larmes allèrent s'écraser sur ses joues.

– Dylan... non, chuchota-t-elle. Non.

– Nous n'avons rien pu faire... c'est une erreur, dit Theodora pour tenter de s'expliquer. Lawrence...

Mais Bliss n'écoutait pas. Elle essuya ses larmes sur sa manche.

– Je vais le redescendre, dit-elle en l'entourant de ses bras pour le soulever.

Il était si léger qu'il en paraissait presque immatériel. C'était comme porter de l'air. Il ne restait rien de lui. Elle descendit la montagne en sanglotant.

Theodora les contempla en pleurant à chaudes larmes. Elle n'avait pas su sauver Dylan. Elle avait perdu deux amis aujourd'hui.

– Ça va aller, tu verras, dit Oliver en s'agenouillant pour couvrir sa blessure au bras avec une bande de tissu arrachée à sa chemise.

Elle le regarda. Elle vit les traits tirés, tristes, de son beau visage, ses cheveux caramel foncé qui retombaient sur son front blessé. Le gentil, le doux, le merveilleux Oliver. L'énormité de sa trahison la frappa. Elle les avait trompés tous les deux, par ses paroles et par ses actes. Car c'était vrai qu'elle l'aimait. Elle l'avait toujours aimé. Elle aimait Oliver et Jack, les deux. Tous deux faisaient partie d'elle-même. Elle avait nié son amour pour Oliver afin de s'autoriser à aimer Jack. Mais à présent, une chose au moins était claire.

– Je t'aime, dit-elle.

– Je sais.

Oliver sourit et continua de lui bander le bras.

Épilogue

Deux semaines plus tard

Alors c'était ça, leur sordide petit nid d'amour. Mimi s'introduisit dans l'appartement plongé dans la pénombre. Elle avait trouvé dans la chambre de Jack une clé qu'elle n'avait jamais vue. Elle se doutait bien de ce qu'elle ouvrait, et savait qu'il ne tarderait pas à venir.

La porte s'ouvrit en silence et Jack entra.

L'expression du visage de son frère lui dit tout ce qu'elle voulait savoir. Mimi sourit pour elle-même. La petite sang-mêlé avait enfin rompu ses liens.

– Tu as gagné, dit Jack d'une voix douce.

Il regarda Mimi avec une haine si flamboyante qu'elle faillit se recroqueviller à ces mots. Mais elle n'était pas une mauviette. Elle était Azraël, et Azraël ne s'abaissait pas, même devant Abbadon.

– Je n'ai rien gagné du tout, répliqua-t-elle froidement. Je te prie de te rappeler que presque tous les Aînés sont morts, que le prince des Ténèbres est en pleine ascension, et que ce

293

qui reste du Conclave est dirigé par un homme brisé qui fut jadis le plus fort d'entre nous. Et pourtant la seule chose qui semble t'intéresser, mon chéri, c'est que tu ne peux plus faire mumuse avec ton petit jouet d'amour.

Au lieu de lui répondre, Jack traversa la pièce en volant et la gifla violemment, l'envoyant rouler au sol. Mais avant qu'il ait pu lui porter un nouveau coup, Mimi bondit sur ses pieds et l'envoya s'écraser contre la baie vitré, lui coupant totalement le souffle.

– C'est ça que tu veux ? cracha-t-elle entre ses dents tout en le soulevant par le col de sa chemise tandis que son visage à lui rougissait horriblement.

– Ne me force pas à te détruire, ricana-t-il d'un air méprisant.

– Essaie un peu, mon cœur.

Jack se tortilla pour s'arracher à elle et, la retournant, la propulsa d'un coup de pied à travers la pièce. Elle rebondit, les mains crispées, les ongles effilés comme des griffes, les crocs dénudés. Ils se heurtèrent en l'air, et Jack la prit par la gorge et se mit à serrer. Mais elle lui lacéra les joues et tordit son corps de manière à rouler sur lui, l'épée contre sa gorge, prenant le dessus.

SOUMETS-TOI, lui ordonna-t-elle.

JAMAIS.

Tu es à moi.

Tu te trompes.

Mimi l'envoya valser à travers la pièce. Ils étaient tous deux couverts de sang. Le chemisier de Mimi était déchiré en deux, et la chemise de Jack arrachée au niveau du col.

Jack attaqua de nouveau et cette fois immobilisa Mimi au

sol. Son haleine était chaude dans son oreille. Elle sentait son corps tendu, rigide et palpitant sur le sien, elle voyait presque l'aura rouge de sa fureur.

– C'est ça que tu veux, dit-elle finement. C'est moi.

– Non.

– Si.

Il lui tordit les bras derrière le dos, serra les genoux contre ses hanches, puis raffermit son étreinte sur ses poignets au point qu'ils devinrent violets. Pendant des semaines, la forme de ses doigts resterait imprimée sur sa peau.

Pendant un instant elle fut réellement terrifiée. C'était Abbadon le Cruel. L'ange de la Destruction. Il pouvait la détruire et le ferait s'il le fallait. S'il en avait envie. Il avait déjà détruit des mondes. Il avait décimé le paradis au nom de l'Étoile du matin.

Elle tremblait sous son emprise.

Toute sa douceur, toute sa gentillesse, toute la splendeur brillante et vive de son amour, il les avait toujours données à une autre. Il avait adoré Gabrielle, l'avait vénérée, lui avait écrit des poèmes et chanté des chansons ; Theodora avait eu les romans, les mots d'amour, les doux baisers et les tendres rencontres furtives devant une cheminée.

Mais à sa jumelle, Azraël, il n'avait montré que sa rage et sa violence. Sa force de destruction.

Il gardait le meilleur de lui-même pour celles qui ne le méritaient pas. Ne montrait jamais son vrai visage à ces satanées filles de la Lumière.

Pour Azraël, il n'y avait que ténèbres et annihilation.

Viol et carnage.

Guerre et pillage.

295

Une larme s'échappa de son œil et scintilla dans le clair de lune.

Mais juste au moment où Mimi croyait qu'il allait la détruire à jamais, Jack se mit à l'embrasser avec une telle fougue que ses lèvres et son cou resteraient enflés et endoloris par ses morsures. En réponse, elle l'attira à elle, aussi fort qu'elle le put, par la racine des cheveux.

L'amour. Si proche de la haine qu'ils se distinguent à peine.

Mais il en allait ainsi pour ces deux-là.

Amour et haine.

Vie et mort.

Joie et souffrance.

Enfin il resta couché sans bouger contre elle et s'enfonça dans un sommeil sans rêves. Elle lissa ses cheveux sur son front et prononça doucement son nom. Abbadon l'Improbable. Ainsi nommé parce que sa nature mélancolique masquait une rage froide et farouche.

Le Destructeur des mondes, l'empereur de son cœur.

Un jour il la remercierait de lui avoir sauvé la vie.

ARBRE GÉNÉALOGIQUE

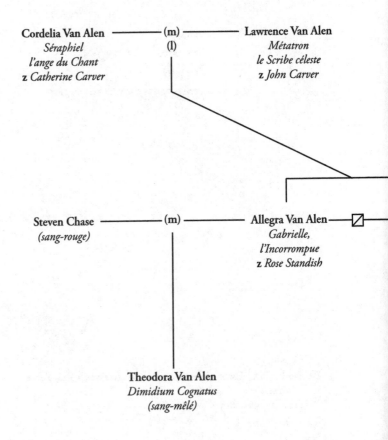

Cordelia Van Alen ——————— (m) ——————— Lawrence Van Alen
Séraphiel   (l)   *Métatron*
l'ange du Chant   *le Scribe céleste*
z *Catherine Carver*   **z** *John Carver*

Steven Chase ——————— (m) ——————— Allegra Van Alen ——
(sang-rouge)   *Gabrielle,*
                                    l'Incorrompue
                                 z *Rose Standish*

Theodora Van Alen
Dimidium Cognatus
(sang-mêlé)

DES VAN ALEN

(m)	mariage
(l)	lien immortel
☒	lien brisé
z	noms connus dans les vies passées

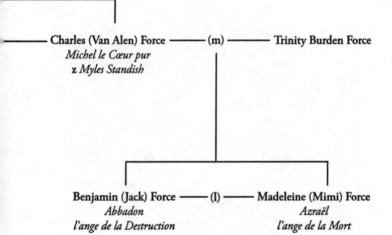

Charles (Van Alen) Force ——— (m) ——— Trinity Burden Force
Michel le Cœur pur
z Myles Standish

Benjamin (Jack) Force ——— (l) ——— Madeleine (Mimi) Force
Abbadon
l'ange de la Destruction
Azraël
l'ange de la Mort

Remerciements

Merci à tous ceux qui ont contribué à faire de ce livre une réalité, en premier lieu mon merveilleux mari (et éditeur/coauteur, de fait), Mike Johnston : c'est lui qui trouve toutes les meilleures idées ; à mon incroyablement géniale éditrice, Jennifer Besser ; et à tous ceux, chez Hyperion, qui ont défendu la série avec brio, en particulier Jennifer Corcoran, Angus Killick, Nellie Kurtzman, Colin Hosten, Dave Epstein et Elizabeth Clark (merci pour les couvertures !).

Merci à Alicia Carmona pour toutes ses recherches formidables sur le Brésil. Tout mon amour à ma famille pour son soutien inconditionnel : les DLC et les Johnston, et surtout Christina Green et Alberto de la Cruz, qui ne se contentent pas d'être de ma famille mais font aussi fonctionner le « Bureau de Melissa de la Cruz ». Merci à mes agents, Richard Abate, Richie Kern, Melissa Myers, et à tout le monde chez Endeavor, pour tout le travail qu'ils ont abattu pour moi. Merci également à Kate Lee et Larissa Silva chez ICM, pour m'avoir si bien soutenue.

Et surtout, j'aimerais remercier mes lecteurs, sans qui je ne serais rien. Merci de m'avoir fait part de vos avis, de vos rêves et de vos questions par courriel ou sur le site Web. Merci à la fabuleuse Amanda, qui s'occupe de la fantastique messagerie Blue Bloods ; et à tous ceux qui ont réalisé un site de fans, un jeu de rôles ou un groupe en ligne dédiés à la série. Vous êtes tous absolument super.

D'autres livres

www.wiz.fr
Logo Wiz : Cédric Gatillon

Composition Nord Compo
Impression : Imprimerie Floch, septembre 2009
Éditions Albin Michel
22, rue Huyghens 75014 Paris
ISBN : 978-2-226-19193-9
ISSN : 1637-0236
N° d'édition : 18655/04. N° d'impression : 74639
Dépôt légal : juin 2009
Loi n° 49-956 du 16 juillet 1949 sur les publications destinées à la jeunesse.
Imprimé en France.